Starry Sky 100Years After

星空は100年後

櫻いいよ

Eeyo Sakura

星空は一〇〇年後

装画
ナナカワ

装幀
長﨑 綾
(next door design)

わたしは無理してでも笑うけど、

きみには無理せず、

泣いて、笑っていてほしい。

そのためなら、

星だって壊してみせるよ。

CONTENTS

Starry Sky 100Years After

星空の記憶

世界は突然、前触れもなく、反転する。

それがわたしのせいならば受け入れやすい。けれど、そうでないことのほうが多い。

——お父さんが、死んでしまった。

その事実を、わたしはまだうまく消化できないでいる。

お葬式が終わったあと、喪服として着させられた制服のままマンションの屋上に出て、夜空を見つめた。体は疲れているのに、この数日慌ただしく過ごしていたせいで気持ちが昂《たか》ぶっていて、頭が妙に冴えた状態だ。なのに、ずっと夢を見ているような曖昧《あいまい》さもある。今ここにいる自分の存在すら、現実味を感じない。

わかるのは、お父さんがいなくなった、という喪失感だけ。

どうやってこの気持ちの整理をつければいいだろう。なにを憎み、なにを恨めばいいのだろう。

——『父さんは、ずっと美輝《みき》のそばにいるからな』

お父さんの口癖《くちぐせ》が脳裏に蘇《よみがえ》る。

言われるたびに、ウザいだとかキモいだとか返していた。けれど、その言葉をわたしは信じていた。仕事が忙しくてあまり家にいないことを不満に思うことなく、安心して過ごせていたのは、そう言っていたお父さんをずっと信じていたからだ。

でも。

「……嘘《うそ》つき」

呟《つぶや》きは、夏の夜に吸いこまれた。そして、静寂だけが残る。

明日から、お母さんとふたりきりの生活がはじまる。

わたしはまだ中学一年生で、お母さんは専業主婦だ。

今までと同じように生活できるのだろうか。学費は？　食費は？　生活費はどうなるの。名前も冴橋《さえはし》からお母さんの旧姓にかわるのかな。

わたしのこれからは、どうなるんだろう。

現実を考えると、お父さんがいなくなった悲しみよりも未来への不安で頭がいっぱいになる。

「美輝のお父さんは、星になったんだよ」

いつの間にか背後にいた幼馴染《おさななじ》みの雅人《まさと》が言った。

雅人が屋上にやってきたことに、声をかけられるまで気づかなかった。けれど、それほど驚かなかったのは、わたしが抜け殻だったからだろう。

ゆっくりと振り返ると、雅人は涙を必死に我慢しているのか、顔を歪《ゆが》ませていた。お通夜でもお葬式でも、雅人は泣いていた。だから、彼の目はうさぎのように赤くなっている。

わたしのとなりに立った雅人が、手を握ってきた。彼のぬくもりが手のひらからじんわりと染みこんできて、凍結されていたわたしの心を溶かしていくのがわかった。

思わず涙が溢《あふ》れそうになるのを、奥歯を噛《か》み空を仰いで耐える。

「きっと、星になって美輝を、見守ってるよ。だから……」

だから泣かないで、と言うつもりだったのかもしれない。けれど、わたしが泣いていなかったからか、雅人はその続きを口にしなかった。

再び視線を雅人に戻すと、彼は唇に歯を立てて瞳を潤ませながらも涙をこぼさないように耐えていた。

わたしたちはもう中学一年生だ。死んだら星になるなんて雅人だって信じていないだろうし、それをわたしが信じるとも思っていないはずだ。

「星……か」

けれど、雅人がわたしを勇気づけようとあまりに一生懸命だったから。必死に、わたしを慰めようとしているのがわかったから、わたしは無理矢理笑顔を作った。

「……そうだね。そう思うと……悲しくないよ」

そう答えると、雅人はほっとしたように顔から力を抜いて笑顔を見せてくれた。

わたしが泣いたり悲しんだりすると、雅人はいつも眉根を寄せて、泣きそうな顔をする。というか、泣く。

そんな雅人を、わたしは見たくない。雅人には、泣きたいときには泣いてほしい。

いつだって、泣いて、そして、笑っていてほしい。

わたしのせいで、雅人がなにかを我慢する必要はない。

わたしの今の気持ちなんて、雅人は知らなくていい。

見上げると、いくつもの光がわたしの目に飛びこんでくる。

手を伸ばしたけれど、当然掴《つか》めない。

死んだら星になるなんて、誰が言い出したことなんだろう。

そんなはずないのに。死んだらいなくなるだけだ。

万が一、星になったとしても生きているわたしたちがこの先過ごしていくうえでは、なんの関係もない。見守っているだけで、助けてくれるわけじゃない。空が格段に明るくなるわけでもなければ、曇りの日でも星が煌《きらめ》くわけでもない。

ただ、そばからいなくなって、ただ、残されたお母さんとわたしが、今の状況を乗り越えて生きていくだけだ。そうしなくちゃいけないのだ。

改めてそう思うと、じわりと涙が浮かんできて、慌てて拭《ぬぐ》う。

——星なんて、大嫌いだ。

「美輝、俺はずっと、そばにいるよ」

そう言って、雅人は手に力を込める。

「……本当に？」

「うん。俺は、美輝のそばにいるよ。ずっと」

力強い返事に、わたしは雅人の手を強く握り返して、「うん」と頷《うなず》いた。

雅人は、目を細めて笑った。わたしを大事に思ってくれているのがひと目でわかる、あたたかなぬくもりを感じる微笑《ほほえ》みだった。

それが、生前のお父さんの姿と重なった。

わたしが幼かった頃のお父さんはいつも笑顔で、わたしも笑っていた。

けれど、今はもう失われたものだ。

お父さんとの思い出は、粉々になったガラスの破片のように触れば傷つくだけの記憶になってしまった。

けれど、雅人のおかげで少しだけ、あの頃のぬくもりが戻ってきたのを感じる。

一度は〝永遠《ずっと》〟に裏切られたけれど、雅人がそう言うなら信じられる。

今、となりにいてくれる雅人の言葉なら、信じようと思った。

涙でにじんだ雅人の瞳は、星のように煌めいていた。

星空の気配

わたしには、大嫌いな女の子がいる。

大切な居場所と大切な約束を、そして大好きなひとを、あの子はわたしから奪った。

だから、わたしはあの子のことが、大嫌いだ。

あの子なんて、いなくなっちゃえばいいのに——。


朝八時、家を出る前に部屋の姿見で髪の毛をチェックした。剛毛で少し癖のある髪の毛を、家を出る前に必ず一度確認するのが、小学生の頃から高校生になった今もかわらないわたしの日課だ。

といっても、ほぼ毎日、セミロングヘアを低い位置でお団子にしている、かわり映えのない髪型だ。

さらさらのストレートヘアだったら、どんな髪型だってきれいにきまるのになあ、と思いながら、前髪がぴょんとひと房変な方向にハネているのを見てため息をついた。

一度寝癖がついたらどれだけブローしてもなおらないんだからいやになる。仕方ないな、と棚の上にあるヘアピンセットから星空の柄が印刷されているものを手にして前髪を留めた。このまま数時間過ごせば落ち着くだろう。

よし、と小さく呟いて玄関に向かう。

「行ってきますー」

誰もいない家の中に呼びかけてドアを開けると、その瞬間、けたたましい蝉《せみ》の鳴き声と夏の熱気がわたしを襲う。

七月下旬の空気は、重い。今日は特に暑い日になりそうだ。

はーあ、とため息をついてドアを閉めて鍵をかけようとすると、つけているキーホルダーの小さな鈴がちりりんと音を鳴らした。

廊下を進んでエレベーターに乗りこみ、一階に下りるとエントランスの壁にもたれかかる。しばらくすると非常階段の扉が開いて、雅人が顔を出した。二階に住んでいる雅人は、いつも階段を使用する。

「おはよ、雅人」

「おーっす、美輝」

ほんのり茶色い猫っ毛をゆらゆらと揺らしながら、雅人が白い歯を見せた。タレ気味の目は笑うと細くなる。それは、今よりもまだ二十センチ以上背が低かった昔からちっともかわらない、わたしの大好きな雅人の笑顔だ。

わたしと雅人は毎朝この場所で待ち合わせをして学校に向かっている。小学生のときも中学生のときも、そして高校生になった今も。

わたしの朝は、いつだって雅人の笑顔ではじまる。

わたしたちの住む築十五年の五階建てのこのマンションは、わたしたちが生まれた頃にできた集合住宅だ。Ａ棟とＢ棟、そしてＣ棟の三つの建物が渡り廊下でつながっていて、三つの建物の中央には小さな公園がある。そこで、わたしと雅人の母親は出会った、らしい。

その頃のわたしたちはまだ一歳にもなっておらず、当然当時の記憶はない。

ただ、気がつけばわたしのとなりにはいつも雅人がいた。一緒の布団で眠ったことも、一緒にお風呂に入ったことも、数え切れない。

まるで双子のように、わたしたちはどこに行くにも一緒だった。

わたしの手には常に雅人のぬくもりがあった。

幼いときの雅人は、背が小さくて泣き虫だったので、わたしは彼を弟のように思っていた。雅人を守るように強く振る舞っていたのを覚えている。雅人をからかう男子とケンカして傷だらけになったこともあった。雅人が落とした大事なキャラクターカードを夜遅くまで探したこともある。帰りが遅くなって母親に怒られたときは、雅人を庇《かば》った。

――『美輝はかっこいいね』

泣くのを我慢して歯を食いしばるわたしに、雅人はいつもそう言った。

本当は泣きたいくらい怖かったときや痛かったときでも涙を呑みこめたのは、そんなふうにわたしを信頼して頼ってくれる雅人がいたからだ。わたしのかわりに雅人が泣いていたのもある。

わたしにとって、雅人は誰よりも大事な、愛しい存在だった。

小さかった雅人は中学生になったらぐんぐん身長が伸びて、あっという間にわたしよりも高くなった。男子にからかわれて泣くこともなくなり、たくさんの男友だちができた。わたしも、女友だちと買い物に行ったりカラオケに行ったりするようになった。

でも、やっぱりわたしたちはそばにいた。

学校に一緒に行く約束をしたわけじゃないのに、特別な事情がない限りはいつだってエントランスでお互いを待った。同じ高校に進学したのも、お互いにそれが当然だと思っていたからだ。この学校に行こうね、と言葉を交わすことなく、自然と、当たり前のように、今に至った。

雅人はわたしを見ると昔とかわらない笑みを浮かべてくれる。雅人がそばにいると、安心して、わたしはなんでもできるような気がする。

ずっと一緒にいると約束をしたあの三年前からは、特に。

だから。だけど。

ここ最近毎日よぎる不安を払拭《ふっしょく》するように頭を振る。

いつの間にか視線を地面に落としていたことに気づき、顔を上げて真っ青な空を仰いだ。広くて高い空に、蝉の鳴き声が吸いこまれていく。太陽が眩しい。

「暑いなあ……」

バス停までの数分で、肌が汗ばんできた。うんざりするように独《ひと》り言《ご》つと、雅人は、

「ほんと暑いよなー。明日から夏休みだもんなあ」

と声を弾《はず》ませた。

雅人は昔からわたしと違って夏が好きだ。

それでも、数ヶ月前までのわたしなら、その言葉に「楽しみだねー」と返事ができていただろう。けれど、今はちょっと、憂鬱《ゆううつ》だ。それを悟られないように、普段よりも明るい笑みを顔に貼りつけて「そうだね」と返事をする。

「あれ、美輝、まだそれ使ってんだな」

わたしの頭上に目を留めて、雅人はちょっとうれしそうに頬を緩《ゆる》ませた。

「このヘアピン？　使ってるよー。お気に入りだもん」

わたしたちは毎年、誕生日やクリスマスにはプレゼントを贈りあっている。今日、使っている星空柄のヘアピンは、一昨年のクリスマスに雅人がわたしにくれたアクセサリーのうちのひとつだ。もうひとつは星空柄のバレッタだった。

本当は箱に入れて大切に保管しておきたい。わたしにはちょっとかわいすぎる気が

するし。だけど、こうして身につけると雅人は喜んでくれる。使うときはいつも寝癖を直すためだけなことは、もちろん黙っておく。

「もうすぐ美輝の誕生日だなぁ。今度のプレゼントは期待してて」

「え、もう決めてくれたの？　今年ははやいね」

こんなことを前もって言われるのは初めてだ。いつもはなににしようかと数日悩んでいるのにどうしたんだろう。そうとう自信があるのだろうか。

「美輝が気に入ってくれるといいんだけど」

「雅人が選んでくれたものならコンビニのチョコでもうれしいよ」

「まじで？　でも残念ながらコンビニチョコじゃないんだよなあ」

「残念だなあ」

がっかりすると、雅人は「チョコより喜んでもらわないとな」と言って笑った。

わたしが、雅人からのプレゼントを喜ばないはずがない。雅人がくれるものならなんでもうれしい。それらに雅人のやさしさが込められているから。星空柄のノートも、星の形のネックレスも、わたしにとっては宝物になる。

たとえ、わたしの嫌いなものであっても。

高校生になったわたしにはちょっと幼いと思うデザインであっても。

バス停に着くと、ちょうど最寄駅に向かう目的のバスがやってきて乗りこんだ。通学と通勤時間が重なるこの時間帯のバスは、ぎゅうぎゅうにひとが詰めこまれる。冬場はともかく夏場は地獄としか言いようがない。バスの揺れでバランスを崩しそうになると、雅人がわたしを支えてくれた。

そんな時間を十分ほど過ごし、駅に到着する。溢れるようにバスから降りていくひとと一緒に外に出ると、すぐそばのベンチに賢《けん》が眠そうな顔をして座っていた。

「おーっす、賢」

雅人が声をかけると、賢は視線を持ち上げて「よ」と短く答える。

「今日も眠そうな顔してんなー、賢」

「ねみーんだよ」

くあ、と大きな欠伸《あくび》をしながら賢は立ち上がる。

一見背が高く見える賢だけれど、実は雅人よりも低い。体つきがいいからかな。吊《つ》り上がった目元には涙が溜《た》まっていて潤んで見えた。真っ黒な髪の毛には、寝癖がついている。右耳の上あたりから、横にぴょこんとひと房。わたしの前髪よりもひどい。それを見て、笑ってしまう。

「寝癖すごいよ、賢」

「美輝の前髪とおそろい」

わたしの前髪に留まっているヘアピンをつつきながら、賢がにやりと笑う。

「……わたしのはおしゃれだし」

寝癖をごまかしていたことが賢にはバレバレだったようだ。前髪を両手で隠しながらもごもごとごまかすと、賢はケラケラと笑った。

賢とは、小学校高学年からの付き合いだ。

きっかけは、雅人と賢が同じサッカークラブに所属したことと、その年ふたりが同じクラスになり仲良くなったことだ。それからわたしも賢と会話をするようになり、三人で遊ぶようにもなった。同じ高校に入学してからは、こうして一緒に学校まで向かっている。

雅人ほどではないけれど、賢もわたしにとっては幼馴染みのような存在だ。

家族のようにいつもそばにいるわたしと雅人、そして雅人の親友の賢。わたしたち三人の、揺るがない関係。

この関係がずっと、続くと思っていた。

——少なくとも、二ヶ月半前まではそれを信じていた。

「満員電車も今日でひとまずお休みだな」

電車に揺られながら、人混みが大嫌いな賢がため息をつきながら呟いた。賢と雅人は高校でもサッカー部に入部しているので、部活がある日は学校には行くだろうけれど、当分はこの通勤通学ラッシュの時間帯に電車に乗ることはない。

わたしもぎゅうぎゅうの電車は苦手だ。けれど、今は夏休みよりも満員電車で学校に通う毎日のほうがいい。それを口にするわけにはいかないので、「だね」と気のない返事をすると、賢が肩をすくめたのがガラス越しに見えた。

長く一緒にいるせいで賢にはわたしの気持ちがお見通しなんだろう。悔しい。そして、恥ずかしい。

なのに、賢よりも長い付き合いの雅人はわたしの様子に気づくことなく、それどころか今となりでしていた会話もまったく聞いていなかった。じっとスマホを見つめて、指先をせわしなく動かしている。

「また彼女とメッセージしてんのかよ」

「んー?」

賢の呼びかけにも雅人は適当な返事をする。心ここにあらずだ。

「ストレートネックになるぞ」

「んー」

雅人はスマホを見続けたまま同じ返事をする。彼の頭の中は今、メッセージのやりとりで、いやその相手のことでいっぱいになっているようだ。

ここ二ヶ月半、通学途中はもちろん、休日も、雅人はわたしたちとろくに会話をせずにスマホばかりを見るようになった。

相手は、高校生になってから付き合いだした〝彼女〟だ。

毎晩電話で一時間以上も話しているのだと、以前雅人は言っていた。学校でも昼休みはべったり一緒に過ごしているし、放課後も部活が休みの日はデートをしている。だというのに、こうして電車の中でもメッセージのやりとりをしなければならないほど話すことがあるのが不思議だ。

以前の雅人はこんなスマホ依存症みたいな状態ではなかった。むしろメッセージも電話も苦手だった。

彼女ができると、ひとってこんなにかわってしまうのか。

そばにいるのに、今は雅人が遠い存在に感じる。

「ねえ、夏休み、なにしたい？」

わたしが話しかけると、雅人は「そうだなあ」と考えるようなことを言ったけれど、続きの言葉はいくら待っても聞こえてこなかった。

むうっとした顔を見せても、雅人はそれにまったく気づかない。

……つまんないな。おもしろくないな。

前は、こんな気持ちになることはなかったのに。視線を雅人から足元に向けると、悔しさで目頭が熱くなる。子どもみたいだな、と自分でも思うのに、どうしてもこの気持ちを処理できない。

そんな居心地の悪い、会話の弾まない二十分を過ごすと、やっと学校の最寄駅に着く。電車を降りると息がしやすくなる。だからといって、わたしの気分が晴れることはない。

改札に向かう途中で、スマホをポケットに入れた雅人は、

「じゃあ、先に行くな」

とひとり走り去っていった。改札を外に、雅人の彼女——町田貴美子《まちだきみこ》さん——が立っているのが見える。彼女は雅人の姿に気づいて手を振っていた。彼女が動くたびに下ろされている髪の毛が揺れる。

彼女は、雅人と付き合いはじめてから毎朝日陰のない場所で暑い日差しを浴びながら雅人を待っている。色白の彼女に、夏の痛いほど眩《まぶ》しい光はあまり似合わない。けれど、そんなアンバランスさが余計に彼女を輝かせている。この暑い中カーディガンを着ているからなおさら目立つ。

彼女に駆け寄る雅人の後ろ姿を見ると、わたしの不快指数が跳ねあがる。さっきまで顔を上げなかったくせに。スマホをずっと見つめていたくせに。

「そんなに不機嫌そうな顔で一日のスタート切ってて毎日楽しいか？」

となりの賢が呆れたように言った。わたしがなにに不機嫌になっているか知っていているなら慰めてくれたっていいじゃん。でも、それはそれでいやだな、と思う。

結局わがままなわたしに対しての、賢なりの苦言なのだろう。

わかっている。けれど、どうしたらいいのかわからない。わたしだって、こんな気持ちで毎日を過ごしたくなんかない。

そう口にしようとすると、いつも喉が詰まって話せなくなる。

「おーはよー、美輝！」

重い足取りで学校に向かって歩きはじめると、背後から明るい声が聞こえてきた。振り返ると、中学からの友人の真知《まち》が太陽みたいな笑顔で手を振りながら駆け寄ってくるのが見える。

そこでやっと、気分が浮上して笑みがこぼれる。

「おはよー、真知」

「あ、津田くんもおはよ」

「うぃっす」

真知はわたしのとなりに並んで、ついでのように賢にも声をかけた。

黒色ショートの髪の毛に、テニス部でほどよく焼けた健康的な肌は、真知にとてもよく似合っている。明日から夏休みだからか、笑顔はいつもよりも豪快に見えた。

「お、今日も仲いいね、前のふたりは」

真知が少し前を歩く雅人たちに視線を向けて言った。ふたりは仲睦まじい様子で並んで歩いている。

「思ったより長く付き合ってるよね。正直、夏休み前には別れると思ってた」

その言葉に、わたしも賢もなにも言わなかった。賢はどうか知らないけれど、わたしも真知と同じようなことを思っていた。

だから、交際期間が長くなるにつれ、苛立っているのかもしれない。


ふたりが付き合いはじめたのは、高校に入学して一ヶ月ほど経った五月の連休明けだった。

朝、賢と駅で合流してすぐに、雅人が突然わたしたちに、

『町田さんに告白されて、付き合うことになった』

と、報告してきたのだ。

なんの冗談かと思った。相手が〝噂の町田さん〟だったからだ。

町田さんが噂の的である理由のひとつは、そのかわいさだった。

高校に入学してすぐに同じクラスじゃないわたしの耳にも町田さんの名前が届くほどで、ひと目見たら忘れられないくらい輝いていた。すごくかわいい子がいるの知ってる？　と雅人と賢に話していたのを覚えている。ふたりもそのときすでに、町田さんの存在を認識していた。

肩甲骨《けんこうこつ》まであるダークブラウンのストレートヘア。すらりと伸びた手足に、小さな顔。そして長いまつげに大きな瞳。十人に聞いたら間違いなく十人ともかわいいと言うだろう。芸能人やモデルの仕事をしていてもおかしくないくらいだ。

けれど、注目集めるひとの噂は、驚くほどよく広まる。特に、悪い噂は。

『告白されたらすぐに付き合う』

『付き合ってもすぐに別れてた』

『中学時代、本当にとっかえひっかえだった』

『顔がいいひとには手当たり次第だった』

『付き合った途端にすごくわがままを言い出して彼氏を困らせて楽しんでいた』

噂なので、どこからどこまでが本当かはわからない。ただ、たくさんのひとと付き合っていたことは本当だったらしい。中学で町田さんと一緒だったというクラスメイトが『付き合ってみたらなんか違った』と言って一週間ほどであっさり別れていたと話していた。それも、何度も。交際期間は長くて一ヶ月、短くて一週間だとか。それを聞いてわたしとは別世界の住人だと思ったのを覚えている。

そして、女子にはあまり好かれていなかった、とも言っていた。

けれど、やっぱり噂は噂だ。わたし自身も、雅人や賢と仲がいいことであることないこと噂されたことがある。噂なんて信用できない。

かわいい町田さんに嫉妬《しっと》したか、もしくは彼女に好きなひとや彼氏を奪われて憎んでいる誰かが悪い噂を広めたんじゃないかと思っていた。彼女を知らないわたしにはその真偽はわからない。

だから、別に町田さんに対して悪い印象を持っていた、というわけではない。そのくらい接点のない相手だった。

けれどまさか、その町田さんが雅人と付き合うことになるなんて。

想像だにしなかった雅人からの報告に、ぽかんと口を開けてしまった。

『告白されて、付き合うことにしたってことか?』

わたしのかわりに訊いたのは賢だった。

『そうそう、そういうこと』

あのときの雅人は、まさに浮かれていた。

町田さんが雅人に告白したことにも驚いたけれど、雅人が即答して付き合うことになったのにも相当驚かされた。

わたしの知る限り、町田さんと雅人に接点はなかった。同じクラスでもないし、となりのクラスでもない。雅人と賢が入っているサッカー部のマネージャー、なんてこともない。

そんな関係なのに、なぜ町田さんは雅人に告白したのだろう。いったい、いつ、どこで、雅人のことを好きになったのだろう。

考えられる理由は、雅人の外見しか思いつかなかった。

中学に入った頃の雅人は、身長も低く、顔もどちらかといえば女の子のようにかわいらしかった。みんなにとっての弟みたいな存在だったと思う。社交的なこともあり誰からも好かれていたけれど、異性として雅人を見ていた女の子はいなかった。

けれど、中学二年の終わり、雅人に突然成長期が訪れて、中学三年の春にはわたしの身長を、すでに成長期を迎えていた賢の身長までも追い越した。

そのとき、女の子からの人気は、身長に比例するのだと、わたしは知った。

外見が注目されはじめると、今までとなんらかわらない雅人の性格でさえもモテる要因のひとつになった。誰にでもやさしく笑顔を絶やさないのは昔からだというのに、まるで突然そんな性格になったかのようにみんなが「雅人くんはやさしい」と言い出した。

いろんな女の子が雅人をかっこいいと言うようになり、雅人はモテるようになった。賢から聞いた話では、同級生からはもちろん、後輩からも告白されていたらしい。

雅人の内面はなにもかわっていないのに、身長だけでモテるのが、わたしは不満だった。誰も雅人の本当のよさに気づいていないような気がして、悶々《もんもん》とした。

わたしは、雅人のいいところも悪いところも知っている。それは、見た目じゃない内面の部分だ。

外見だけで雅人を好きになるなんて、納得できない。

わたしにとってそれは、雅人をなにも知らないことと同じだ。

町田さんもほかの女の子と同じように、雅人の外見だけを見て好きになったんだろう。接点のない町田さんが、雅人のいいところなんて知るはずがないのだから。

じゃあどうして雅人は町田さんと付き合うことにしたのか。不思議に思って雅人に訊くと、「前々から気になってたんだよな」と頬を赤らめて言われた。

なんだ、結局雅人も顔なのかと悪態をつきたくなった。

ふたりはお互いのことを見た目しか知らない。それで付き合おうと思うなんて、さっぱり理解できない。

雅人に彼女ができた、という事実は、わたしの胸にぽたりと黒いシミを落とした。

いつか、雅人に彼女ができるかもしれない、とは思っていた。想像して暗い気持ちになった。けれど、実際は想像以上だった。

この感情の名前は、嫉妬だ。

大切だった存在が、わたしのそばから離れてしまうかもしれないことへの不安が、町田さんへの嫉妬になったのを自分で感じた。

でも、ふたりは出会ってまだ数ヶ月だ。わたしと過ごした時間に比べたらほんの一瞬だ。そんなふたりが長続きするはずがない。

そう信じて、なんとかこの醜い感情に必死に蓋《ふた》をして過ごしてきた。


けれど、付き合い出してからもうすぐ二ヶ月半が経つ。町田さんにとって最長記録だ。ふたりは付き合い出した当初とかわらず仲がよく、今では校内でも憧れのカップルだと言われているのだとか。

——『俺はずっとそばにいるよ』

そう、言っていたくせに。

なのに、今、雅人は町田さんのそばにいる。

雅人のとなりはいつもわたしだったのに。雅人が笑いかけてくれるのはいつもわたしだったのに。

そのすべてが今は、町田さんに与えられている。

唇に歯を立てて、もやもやしたなにかを呑みこむ。

「こんないい天気の日に陰気な顔やめろよ」

「……陰気って、言いすぎじゃない？」

むっとしてとなりの賢を睨《にら》んでしまう。

「そんなに好きだったならさっさと雅人に告白すればよかったのに」

「……っそ、そういうわけ、じゃ」

こんな場所でそんなことを！

誰かに聞かれていないだろうかときょろきょろ見回したけれど、幸い誰もわたしたちに気を留めた様子はなかった。

「そうじゃなかったらなんなんだよ」

真知が賢に同意して「ほんとだよー」と笑う。

雅人に彼女ができてからのわたしの態度は、ふたりには〝恋をしている〟ように見えるのだろう。たしかに、雅人は一緒にいるのが当たり前の、わたしにとって特別な存在だ。雅人の顔を見るだけで毎日幸せで、雅人がやさしくしてくれると胸があたたかくなる。雅人が笑ってくれているとわたしも幸せで笑みが溢れるし、泣いていればわたしも悲しくて苦しくなる。

気がつけば好きだなあって思っていた。それはすごく自然なことだった。

雅人のことは好きだ。誰よりも大事だと感じている。

……でも。

「告白とか、そういうんじゃ、ないんだよ、雅人は。たぶん」

「だったら、雅人が彼女と仲良くしてんのを喜んでこれからも応援してやれよ」

賢の言うことは正しい。

だからって、誰もが正しいことをできるわけじゃない。

「だって、やっぱり……もやもやするじゃん。雅人はわたしのそばにいてくれると思ってたんだもん」

とはいえ、この気持ちは恋愛感情ではない、とはっきり断言することもできない。町田さんが現れるまでこんな気持ちを抱いたことがなかったから、わからない。自覚していないだけで、わたしは雅人を〝好き〟だったのかも、と思うときもある。

……好き、なのかなあ?

「どっちにしてもヤキモチにはかわりねえな」

「それは、そうだよ」

ストレートに言われて、渋々そう答えた。賢の言うように、わたしは町田さんに嫉妬心を抱いている。

「でも、恋人同士になりたいのかと言われると、ちょっと違う、かな」

「じゃあ単純に町田が嫌いなんじゃね?」

いちいち図星をついてくる賢に、むすっとした顔を見せつつ「かもね」と呟く。

わたしは、町田さんとは親しくない。雅人と町田さんが付き合ったことで、目が合うと会釈をするようになった。何度か挨拶を交わしたこともある。

でも、それだけだ。

だから、わたしは町田さんのことを今もよく知らない。

そして、仲良くしたい、彼女を知りたい、ともまったく思っていない。

それは間違いなく、わたしが町田さんのことを嫌いだからだ。

相手を知らないくせにひとに対して嫌いだと思ってしまう自分は最低だと思う。わかっているのに、どうしても彼女を好きになれないくらい、わたしは醜い。

彼女にまつわる噂が原因じゃない。雅人と付き合う前は、町田さんのことをなんとも思っていなかった。

雅人と付き合っているから、わたしは彼女が嫌いなんだ。

雅人のなにも知らないくせに、雅人をわたしから奪った町田さんが。雅人を独り占めする、〝彼女〟という存在が。

わたしはたぶん、相手が誰であっても受け入れることはできなかった。

……ってことは、やっぱりわたしは雅人のことが〝好き〟なのかなあ。

んーっと眉間にシワを寄せて考えていると、

「雅人にそう言えば？」

「町田さんが嫌いだって？　やだよ」

そんなことを言ったら雅人は絶対ショックを受ける。彼女のことを悪く言われたら、やさしい雅人は悲しむに違いない。それに、こんな醜い自分を雅人に知られたくない。

「じゃあ、町田より自分を優先しろ、とか？」

「言えるわけないじゃん。かっこ悪いし、子どももみたいだし、困らせるし」

「美輝はかっこ悪くて子どももみたいで困ったやつなんだから、仕方ないだろ」

「……うるさいなあ、もう！」

賢の肩をばしばしと叩《たた》くと、賢は「美輝は図星だとすぐ怒る」と言って笑った。

なんでそんな楽しそうな顔をするんだ。

そう思うと、ムカついたのになぜかわたしも笑ってしまう。

賢と話していると、うじうじしてても仕方がないよなあ、と思えてくるので不思議だ。もやもやしたものが、すうっと風に飛ばされていくような気がする。

賢はいっつもズバズバ言う。ときおり、あまりのストレートさに思わず泣いてしまいそうになるときもある。わたしを泣かせたいのかと思うくらい、意地悪なことも言う。でも、それが遠回しにわたしを慰めようとしてくれているのも、知っている。

なんでそれがわかるのか、と聞かれたら、なんとなく、だけれど。

「賢はほんっと、わかりにくい」

「美輝に比べたら世界中のひとがわかりにくいほうに分類されるだろうな」

「ああ言えばこう言う」

「事実なんだから仕方ないだろ」

「あー、もう、なによ！　もう！」

たしかにわたしは、ひねくれすぎかもしれないけれども。

わたしがムキになると、賢はますます楽しそうに目を細めてケラケラと笑った。完全におちょくられている。ムカつくのに、なぜか頬が緩む。

「はいはい、もうイチャイチャしないの」

わたしと賢のあいだに、真知が仲裁に入る。

イチャイチャってなに。賢と声をそろえて「そんなことしてないし」と真知に突っこみを入れると、呆れたように肩をすくめられてしまった。

「まあそういうことにしておくか」

「そういうことにしておいて」

賢と真知は目を合わせてなにやら頷く。なんなのこのふたり。

「そんなことより、美輝。明日からの夏休み、どこ行く？　なにする？」

「どうしよっかなあ」

やりたいことはたくさんある。なんせ高校生になって初めての夏休みだ。中学のときよりもお小遣いも増えたので、行動範囲を広げられる。

なのに、今はなにも思いつかない。

去年までの夏休みは、楽しかったのにな。今とかわらずわたしは帰宅部で、雅人と賢はサッカー部、真知はテニス部に所属していたため毎日遊べたわけではなかったけれど、それでもやりたいことがたくさんあって、あっという間に感じるほど充実していた。

毎年雅人と行っていた地元の夏のイベントには、今年は行けないだろう。部活のない日も、雅人はわたしではなく町田さんと過ごすはずだ。ほかにも、今まで雅人と過ごしていたようには過ごせないことがたくさんあるに違いない。

今年の夏休み、わたしはどんなふうに過ごせばいいんだろう。

雅人がそばにいなくても、真知をふくめ、わたしには一緒に遊ぶ友だちはいる。なのに、なぜかひとりぼっちになってしまったような心細さがわたしを襲ってくる。

夏休み中にあるわたしの誕生日、雅人は一緒にいてくれるのかな。

それまで町田さんに奪われたら、どうしよう。

「暇ならサッカー部のマネージャー補佐でもしたら？　マネージャー今ひとりしかいねえからめっちゃ大変で困ってるんだと」

「えー……わたしにできると思う？　無理でしょ。ルールもろくに知らないし」

「そこは覚えろよ。オレも雅人もやってんだから」

そんなこと言われてもなあ。足手まといになる姿しか浮かばない。っていうかマネージャーってなにをするのかも知らないんだけど。

「ぐうたらした夏休み過ごす羽目になるぞ。体動かしとけばしょうもないこと考えずに済むだろ」

しょうもないことって。

でも、賢の言うとおりだよなあ。真知もテニス部で忙しいだろうし。このままでは、お盆におばあちゃんの家に行く以外、ほとんど家にいることになる可能性もある。

「いいじゃん、マネージャー。美輝、やってみたら?」

「まあ……ちょっと考えてみる」

真知に曖昧な返事をすると、賢が「そうしろ」と満足そうに頷いた。強引なようで、賢はわたしを急かしたりはしない。それがありがたい。

わたしたちの数メートル先には、雅人と町田さんの後ろ姿が見える。

ふたりが付き合わなかったら、こんなふうに夏休みの過ごし方に頭を悩ませることはなかった。今も、わたしのとなりには雅人がいたはずだ。

早く、別れちゃえばいいのに。

そしたら、わたしはまた、雅人の一番近い存在でいられる。

そんな真っ黒な本音を心の中で呟いてから、真っ青な空を見る。

「……性格悪いなぁ、わたし」

小さく吐き出したそれは、青空に吸いこまれたのか、真知にも賢にも届くことはなかった。

学校に着くと、学校内はいつも以上に喧騒《けんそう》に包まれていた。クラスの違う賢と階段で別れて同じクラスの真知と教室に向かう。明日から休みということで、みんなテンションが上がっているのだろう。教室の中は、より一層騒がしかった。

「あ、おはよー美輝、真知！」

友だちが大きく手を振ってわたしと真知に呼びかけてくる。

それに返事をしながら自分の席に向かい椅子に腰を下ろす。立ち止まると、さっきまで浴びていた太陽の熱が体中から汗になって噴き出してくる。教室にクーラーは設置されているが、温度設定が厳しいのでちっとも涼しくない。ハンカチを顔に当ててそばの窓ガラスを開けると、生ぬるい風がわたしの頬を撫《な》でる。

息苦しさが少しマシになって深呼吸をすると、カバンを置いた真知がわたしの前の席に座って「ほんとあっつー」と下敷きで風を起こす。

「ふたりともへばりすぎじゃない？」

クラスメイトの聖子《せいこ》がケラケラと笑ってやってきた。わたしと真知のあいだに立って「ほら、夏休みの計画立ててるよ！」と拳を作って叫ぶ。

「すっごいやる気じゃん。なになに、なにするの」

「プールに海に水族館、あと絶対テーマパークも行かなきゃでしょ。あ、カラオケと花火大会も外せないよね」

思ったよりも盛りだくさんで、時間が足りなそうだ。

「真知と美輝いつ空いてる？」

「わたし帰宅部だし、いつでも行くよ」

「あたしは毎週月火木が部活だから、それ以外なら」

オッケーと聖子が親指を立てる。しっかりものの聖子なのでみんなの予定をまとめて計画を立ててくれるだろう。取り出したスマホにメモしていた聖子が、「でもさ」とはっと気づいた様子でわたしを見た。

「美輝、本当にいつでも大丈夫なの？　約束してないの？」

「約束なんてないよー。毎日暇してる予定だから大丈夫」

雅人は部活のない日は町田さんとデートだろうし、と言葉を続けようとすると、

「津田くんとデートで忙しいのかと思った」

思いもよらないことを言われて「へ？」と間抜けな声を出してしまう。

「な、なんでわたしと賢が、デートするの」

そんなこと今まで一度もしたことがない。なんでそんな発想に至ったのか。驚きのあまりうまく言葉が紡げなくなる。そんな自分に余計に焦ってオロオロする。

「だって、雅人くんには彼女ができたんだし、残るはふたりじゃん」

どういう理屈だ。

「いや、そんなことは、ない。ないから」

気持ちを落ち着かせてゆっくりと否定する。と聖子は真知と目を合わせて首を傾げた。ふたりの不思議な反応にわたしも首を捻《ひね》る。

「え、美輝、本気で言ってんの？　本当になんの関係もないの？」

「ないよ、ないない。幼馴染み、みたいな。腐れ縁、みたいな関係ではあるけど」

ずいっと顔を近づけてきた聖子に答える。

わたしにとって賢はそういう相手だ。

中学生の頃も、賢との関係をあやしまれたことは何度かある。でも、雅人とのほうがはるかに仲良かったから、噂になるのはいつも雅人だった。

ふたりの様子から、おそらくわたしと賢の関係が噂になっているんだろうなと察する。でも、なんで賢なんだろう、と考えたところですぐに理由がわかる。

雅人は町田さんと付き合っているからだ。

ふたりの関係にやきもきしていたから、まわりの様子にまったく気づいていなかった。三人いたのが二人になったら、そりゃあ噂になるか。

そうか。わたしと賢は噂になるような関係になってしまったのか。

なぜか、胸にさびしさが広がる。

わたしと賢の関係が、かわってしまうかもしれない。これまでのように賢と過ごせなくなるかもしれない。

……それは、やだなあ。

かといって、これまでわたしと賢の関係が特別だったのかと言われると、まったくそんなことはない。家を行き来するような関係ではないし、メッセージのやりとりですら滅多にしない。雅人と三人のグループトークで会話することがほとんどだ。わたしたちのあいだには必ず雅人がいて、ふたりきりで遊んだことは、一度もない。

……え、なんで噂になるの？

「わたしと賢がふたりでいるのって、朝だけじゃない？」

「言われてみればそうだね」

ふむ、と聖子が顎に手を当てる。

雅人が町田さんと付き合うようになり、ふたりは駅で待ち合わせするようになった。取り残されたわたしと賢は、そのあと一緒に学校に向かう。ふたりきりになるのは、それだけの短い時間だ。今日のように真知と会うことも多い。

去年、一度だけ雅人を交えずふたりだけで過ごしたことはある。約束したわけではなく、偶然で、なりゆきの出来事だった。

月の見えない新月の夜だった。

それまで雅人の友人としての認識だった賢が、わたしにとって大事な友人なのだと気づいた日でもある。

その日のことは、雅人も知らない。

「でもなんか、特別な雰囲気があるよね、ふたりって」

「そうそう、そうなのよ」

真知が噂を肯定するようなことを言い、聖子が大きく頷く。

わたしに、雅人と賢以外に男友だちと呼べるような男子がいないからそう見えるだけなのでは。賢も女子よりも男子と一緒にいることのほうが多いし。

「美輝は賢くんに対して好きとか、そういう特別なのはないの？」

今日、こういう話するの二度目だなと思いながら「ないなあ」と答えた。

もちろん、賢のことは好きだ。でも、聖子の言う〝好き〟の意味とは違うだろう。

「恋愛感情ってよくわかんないしなあ」

「そう言われるとあたしもわかんないわ。聖子は？」

「中学で初恋と失恋済みよ。任せてよ」

真知に聞かれた聖子は胸を張る。

「ま、どんなのが恋かと言われると説明できないけどね。一緒にいるとドキドキするとか、そのひとの一挙一動に感情が乱れるとか？」

おお、と真知と感嘆の声を上げる。経験者の発言だ。かっこいい。

恋愛かどうかはわからないけれど、〝好き〟にはそれぞれ違いがあるのはわかる。雅人と賢、そして真知と聖子に抱く気持ちは同じではないから。それに、一緒にいるときのわたしの気持ちや態度も、違っている。

雅人と一緒にいる時間は、とても穏やかで心地いい。わたしのすべてを許してくれているような安心感があるし、体はもう雅人のほうが大きいのに、守ってあげなくちゃ、と力が漲《みなぎ》ってくる感じもある。

けれど、賢とふたりだと落ち着かなくてそわそわするときがある。ぶっきらぼうでいやみも多いけれど、会話に困るようなことはないし、楽しいと素直に感じるときも多い。なのに、わたしの知らないわたしの本音まで見透かそうとしているようにまっすぐにわたしを見てくるから、賢と目を合わすのが怖くなる。そばにいると、なにかがぽろぽろと剥がれ落ちて無防備な自分になってしまいそうになる。そのことに、不安になる。

雅人と賢に対する〝好き〟の違いはわかる。

でも恋かどうかの違いはわからない。

それは、わたしがまだ誰もそういう意味で好きになったことがないからかな。

恋に憧れる気持ちはある。片想いをしている友だちを見ると、わたしまでウキウキするし応援したいと思う。でも、実際自分がそうなるのかもしれないと考えると、尻込みしてしまう部分もある。

「わたしは、このままがいいな」

ぽつんと呟くと、予鈴が鳴り響いた。

じゃあまた遊びの予定は連絡するから、と言って聖子が自分の席に戻り、真知が「成績表の時間か」と肩を落として立ち上がった。

しばらくしてやってきた担任の先生は全員が席についたのを確認すると、夏休みの注意点をいくつかあげた。ひと通り話し終わると、次はひとりずつ名前を呼び、成績表を順番に渡しはじめる。名前を呼ばれて教壇に受け取りに行き、席に戻りながら中を確認した。

「かわり映えしないなあ」

ほとんどが4で、たまに3と5がある。中学のときとたいしてかわらない数字の羅列で、5がついている教科も同じだ。中間と期末の成績でなんとなく予想はついていたこともあり、高校生活初めての成績は、感動もしなければ落胆もしなかった。

中学生から高校生になって数ヶ月が経った。

多少の変化はあったけれど、思っていたよりも変化がないな、というのが今のわたしの感想だ。

中学はほとんどが同じ小学校出身の生徒だったけれど、高校では知らない子が多くなった。授業科目が増えた。国語だけだったのが、現代文と古典にわけられて、理科も化学などの名前がかわった。数Ⅰと数Aというよくわからない区別もできた。

ほかにも、学校まで遠くなったとか、電車とバスに乗るようになって定期を持つようになったとか、授業が長くなって帰宅時間が遅くなったとか。

もっと、劇的に生活がかわるんじゃないかと不安を感じていたけれど、小さな変化はすぐに当たり前になった。慣れて、それ以前の日々の記憶が薄れているからなのかもしれない。

――お父さんがいなくなったときのように。

以前と違う雅人との関係も、いつか慣れてなんとも思わなくなるのかなと想像すると、悲しくて苦しくなる。

だってそれは、雅人と交わした約束が嘘になった、ってことになる。

幼少期のように、四六時中一緒にいたいわけではない。成長するに従って別々の時間を過ごすようになった。でも、わたしと雅人はそれでも特別な関係で居続けた。

そんな中で、雅人は言ってくれた。

ずっとそばにいると、言ってくれた。

その言葉のとおり、わたしと雅人は以前の関係のままで今まで過ごすことができた。多少の変化は当然のことで、気にしたこともない。

でも、今のこの状況は違う。

かわったんじゃない。なくなったからだ。

これまでわたしのそばにあったものが、そっくりそのまま、町田さんのそばに移ってしまったのだ。

そんなふうに思いたくないのに、そんなふうにしか考えられない。

あの日、雅人はわたしよりも泣きそうな顔をして、必死に励ましてくれた。星を見つめながら、手を強く握りしめてくれた。

ことあるごとにわたしに星をモチーフにしたアイテムをプレゼントしてくれるようになったのは、三年前からだ。それは、雅人が今もあのとき交わした約束を覚えてくれているという証《あかし》だ。

星空が嫌いになった日。けれど、心底嫌いにならずにいられたのは、雅人がとなりにいてくれたから。やさしい思い出があるから。雅人のおかげで、わたしは頑《かたく》なに心を閉ざすことも、どうしようもない怒りに心を支配されることもなかった。

だからこそ、あの約束だけは、これからもかわらずにわたしたちをつないでいてほしい。

そう願うのは、わたしのわがままなのだろうか。
それとも、これが恋愛感情だからなのだろうか。

先生の話が終わると体育館に集まるように言われて廊下に出る。真知たちと終業式は面倒くさいという話をしながら向かい、学年順、クラスごとに二列に並ばされて、立ちっぱなしの状態で校長の長いだけの話を聞いた。それだけでもつらいのに、熱気のこもった場所に閉じこめられていると、拷問のようにしか思えない。

蒸し暑くて意識が朦朧《もうろう》とする。今ここにいる生徒たちはみんな同じことを思っているだろう。さっさと終われとそればかり祈っていたにもかかわらず、小一時間ほど立ちっぱなしにさせられて、解放された頃には汗で制服が体に貼りついていた。

外に出ると風がある分いくらかマシに感じるけれど、今すぐ制服を脱ぎ捨てたいほどの気持ち悪さだ。

「夏休みだー！」

背後から駆け寄ってきた聖子がわたしに抱きついて叫ぶ。となりにいた真知が「聖子めっちゃテンション高い」と笑った。

聖子があまりに楽しそうにしているので、わたしも夏休みを楽しく過ごせそうな気がしてくる。せっかくの夏休みを悶々とした気持ちのまま過ごすなんてもったいない。

うん、楽しもう。

大体雅人だって毎日町田さんとデートするわけじゃないだろう。長い休みに入って今までのように雅人と過ごす時間があれば、この陰鬱な気分も晴れるかもしれない。

そうだそうだ。と、自分を元気づける。

「んじゃ、ほかの子の予定も聞いてくるわー」

聖子が軽い足取りで一足先に教室に戻っていく。

「あ、あたしちょっとトイレ行くから、待ってて」

「はいはいー」

廊下にあるトイレを見つけた真知が中に入る。すでに何人かが並んで待っていたので、少し時間がかかるだろうと壁にもたれかかって真知を待った。

ぞろぞろと生徒が体育館から出てきて廊下を歩いていく。みんな、明日からの夏休みが楽しみで仕方ないようで笑顔だ。

その中に、雅人を見つける。

「雅人！」

手を振って呼びかけると、雅人がわたしに気づいて友だちの輪から離れて近づいてくる。

「美輝、こんなところでなにしてんの」

「真知を待ってるところ」

「あ、成績どうだった？　あとで美輝の成績表見せてよ」

「見ても面白くないよ。中学の頃とおんなじだもん。雅人、もしかしてよかったの？」

まさかー、と雅人が笑う。わたしの成績と比べてみたかったのだろう。雅人の反応からわたしと同じようなものなんだろうな、と想像する。昔からわたしたちの成績は教科に違いがあるだけで同じレベルだ。

目尻にシワを刻む雅人の笑顔に、わずかに残っていた仄暗い感情がふわりと溶けてなくなるのがわかった。

雅人と向かい合っていると、いつもなにかが満たされる。

やっぱり、雅人の笑顔っていいなあ。好きだなあ。

「あ、そういえば」

雅人が思い出したかのように声を出す。

「美輝、今日は誰かと約束してる？　部活ないから一緒に帰らないか？」

「だ、大丈夫！」

一緒に帰れる！　そう思うと食い気味で返事をしてしまった。勢いのよさに少し驚いた顔をした雅人が、そのあとでくすりと微笑む。

「んじゃ、終わったら靴箱で待ってて」

「わかった。ねえ、せっかくだし寄り道しようよ」

お昼前には帰宅になるので、半日時間がある。

「いいね、映画でも観ようか」

観たかったのあったよな、と雅人がスマホを取り出して検索しはじめた。

雅人に彼女ができて以来、放課後を一緒に過ごすのは初めてだ。久々に雅人と出かけられることに頬が緩むのがわかる。

「あ、この映画の上映時間、ちょうどいいかも。あとで賢にも連絡しとくわ」

「うん、わかった」

「じゃあ、あとでな」

うんうん、と頷くわたしに雅人は手を上げて去っていく。

楽しみだ。映画もだけれど雅人と一緒に遊べることがなによりも楽しみだ。心が弾んで鼻歌をうたいたくなってくる。

口の端を持ち上げて気分よくまわりを眺めていると、少し離れたところから誰かがわたしを見ていることに気がついた。目をこらすと、生徒たちの中に、ひときわかわいい女の子——町田さんの姿を見つける。

今朝見かけたときとかわらず、彼女は白い半袖のシャツの上に、カーディガンを羽織っている。暑くないんだろうか。彼女と同じ中学校出身のクラスメイトによると、町田さんは美容にすごく気を遣っていて、日に焼けるのをすごく嫌っているらしい。普段から常に長袖で過ごしていて、体育の時間でも長袖ジャージを着ていると言っていた。透き通るような肌はその成果なのだろう。

町田さんはひとりだった。というかいつもひとりだ。女子に嫌われているって言われているけれど本当なのだろうか。

そんなことを考えていると、町田さんはわたしをじっと見つめたまま近づいてきた。そして、目の前で足を止める。

「こんにちは、冴橋さん」

「……こんにちは」

まさか話しかけられるとは思わず、驚きで一瞬言葉に詰まった。

これまでこんなふうに声をかけられたことはない。何度か目が合って会釈をしただけだ。挨拶をするのはそばに雅人がいるときだけだった。

わたしは、町田さんが苦手だ。そして町田さんも、雅人の幼馴染みでよく一緒にいるわたしを苦手に思っているんだろうな、と感じていた。

だから、なんで急に話しかけてきたのかがわからない。

戸惑っているわたしに、町田さんが首をわずかに傾けてにこりと微笑んだ。目を閉じると彼女のまつげがいかに長いかがよくわかる。わたしの何倍の長さがあるのだろうかと、どうでもいいことを思う。

「冴橋さん、今日は雅人くんと帰るんだよね？」

「あ、うん」

なんで知っているのだろう。

訝《いぶか》しむと、町田さんは笑いを堪え切れないかのように口元を歪ませた。

「私のかわりに、楽しんできてね」

「え？」

「先に私が雅人くんに誘われたんだけど、今日は別の約束があったから雅人くんと遊べなくって。冴橋さんがわたしのかわりに一緒に遊んでくれてよかったなーって思っただけ」

町田さんのピンク色の唇が、弧を描く。目元が下がる。それがただの微笑みではなく、わたしをばかにしているのだということは一目瞭然だった。

「……わたしは、町田さんのかわりなんかじゃないよ」

ぐっと奥歯を噛みながら反論するけれど、町田さんはちっとも気にしない様子で目を細める。

「でも、私に用事がなかったから、冴橋さんが誘われたんでしょ？」

悔しいけれど、そのとおりだ。

ふつふつと怒りが込み上げてきて、奥歯を噛みながら彼女を睨みつけた。それでも、町田さんの余裕のある表情はかわらない。

なんでわたしがこんなことを言われなくちゃいけないの。今までろくに話したことがなかったのに。声をかけてきたのは、いやみを言うためだったのか。

「彼女の町田さんは、簡単に誰かにかわりが務まるような存在なんだね」

「……は？」

必死になんとか言い返そうと頭をフル回転させた。

町田さんのように平然と、笑みを顔に貼りつけては言えなかった。けれど、効果はあったようだ。彼女は眉をひそめて低い声で呟く。そして拗《す》ねたようにわずかに唇を尖《とが》らせてから、

「なに負け惜しみ言ってんの」

と言い捨てて背を向けた。振り返った瞬間に、彼女の長い髪の毛が揺れてわたしの顔に微《かす》かに当たる。そんなことを気にもしないで、彼女はすたすたと歩いていく。

いや、なんなの。あの態度、あの言い方、あの笑い方。

町田さんがあんなに性格悪いなんて！

今まで、町田さんにまつわる噂は気にしないようにしていた。でも、今はすべて本当だったのではと思えてくる。女子に嫌われているのは、いろんなひとと付き合って

いるからではなく、性格の問題なのでは。

わたしがそれだけ町田さんに嫌われている、とも考えられる。いやでも、さっきのは絶対おかしいと思う。

雅人といるときは天使みたいに笑っているくせに。ついさっきわたしに話しかけてきた町田さんとは大違いだ。

つまり、雅人の前では猫をかぶっているってことだ。

雅人はあの子に騙されているんだろう。

ひどい。最低だ。最悪だ。

「お待たせー、って、どうしたの?」

トイレから出てきた真知が、わたしの顔を見てぎょっとする。誰が見てもわかるくらい、わたしは怒りを滲《にじ》ませているのだろう。

「……なんでもない」

吐き出したいけれど、怒りすぎて言葉にするのが億劫《おっくう》になりすべてを呑みこんだ。

胸焼けがする。

ああ、もう気分は最悪だ。

教室に戻ると、すぐに担任の先生がやってきて朝と同じように夏休みに関する注意事項を口にした。そのあいだもずっと、わたしの頭の中に町田さんのあのいやな顔がこびりついていて気分が悪い。

こんな気持ちのまま雅人に会いたくないのに。

教壇に立つ先生が「起立」と終わりを知らせる号令をかけたときもまだ、体内に毒が残っているような気持ち悪さがあった。彼女の目的は、わたしが雅人と一緒にいても楽しませないようにするためだったのかも。

だったら意地でも町田さんのことは一旦きれいさっぱり忘れて、今日を思い切り楽しまなくちゃ。

「よし！」

と気合いを入れて立ち上がると「どうしたの」と近くにいた真知が目を瞬《またた》かせた。

「あ、真知は今から部活？」

「うん。また連絡するから、休みのあいだも遊ぼ」

「もちろん。いつでも連絡して。じゃあね」

真知を見送ってから、これからカラオケに行くという聖子たちにも声をかけて教室を出る。

ほかのクラスも同じタイミングで終わったようで、廊下にはたくさんの生徒が歩いていたり、話しこんでいたりする。

その中に、気だるそうに歩く賢の後ろ姿が見えた。カバンを肩にかけて、両手をポケットに突っこんでいる。シャツがズボンから一部飛び出していて、ふ、と笑みがこぼれた。一緒に体内に居座っていた黒い塊も出ていったのか体がちょっと軽くなったのを感じる。

「賢ー」

「ああ、びっくりした」

大声で呼ぶと、賢はのんびりと振り返る。びっくりしたなんて口にしながらも、表情はちっともそんな感じじゃない。

わたしが追いつくまで、賢は廊下の真ん中で待ってくれた。

「今日は部活休みらしいね」

賢のとなりに並んで話しかけると、「前もって言うの忘れたんだろうな」と賢がぼやく。

「夏休みはみっちりスケジュール組んでるから今日は休めってよ」

「へえ、そんなに練習すんの？」

「脅《おど》してるだけじゃねえかな。そんなに力入れるほど強いわけじゃないし」

「たしかに」

わたしたちの通うこの高校は、特に強い部活はない。サッカー部も、去年県大会二回戦まで勝ち進んだのが今までで一番いい成績だったと賢が言っていた。それでも、夏休みはそれなりに部活で忙しくはなるだろう。これまでも休みは平日と日曜日の二日間だけだった。

「でもまあ、よかったね。サッカー楽しい？」

「まあな。試合に出られたらもっと楽しいんだろうけど」

「一年じゃまだ早いかー」

部員は多いらしいので、まだ一年の賢がメンバーに選ばれるのは難しいだろう。でも夏休みからは三年生がいないので、チャンスはあるのでは。

賢のことだから、そのときにはきっと選ばれるはずだ。中学のときも、賢は雅人よりも先に試合に出たし、三年生では副部長も務めていた。

そんなことを思い出して、つい、視線を賢の足元に向けてしまう。

賢は、中学三年のときに右足を怪我《けが》した。そのせいで、賢は中学最後の試合に出られなかった。幸い賢の怪我は一ヶ月か二ヶ月安静に過ごせば治る程度だったので、今は昔のようにサッカーができている。

あれから何度も賢がボールを蹴る姿を見ているのに、そのたびに、よかった、と心の中で呟いている。今も、よかった、と思う。そして、はやく試合に出られたらいいのにな、と。

「あ、いた」

靴箱に着くと、ドアのそばにある壁にもたれかかってわたしたちを待つ雅人の姿を見つけた。雅人のクラスはわたしたちよりも随分早く終わったらしい。

声をかけようと思ったところで、雅人のとなりにいる町田さんの姿が目に入る。

彼女は、雅人に笑顔を見せていた。今日わたしに見せた顔とはまったく違う、あたたかさを感じるような柔らかい笑みだ。

まるで、別人だ。

今まではただ、雅人のとなりにいるから、という理由で町田さんに嫉妬して避けていた。でも今は、彼女が雅人のとなりにいることが我慢ならないくらい、町田さんが嫌いになっている。

雅人は、幸せそうなだらしない顔をしていた。

二ヶ月半ものあいだ付き合っているのに、雅人は町田さんの本当の性格に気づいていないのだろう。鈍感すぎるのでは。いや、町田さんの演技力がすごいのか。

「なんで付き合ってんだろ」

無意識に声に出してしまい、慌てて口を手で押さえる。ちらりと賢を見上げると、驚いたように目を丸くしていた。しっかりと賢の耳に届いてしまったようだ。

「あ、いや……えっと」

「オレにはごまかさなくてもいいけど、雅人の前では頑張れよ」

わたしの言葉を遮り、賢はぽんっと肩に触れてきた。

いったい、賢はわたしの気持ちをどこまで理解しているのか。そう思ったことすら賢にはわかるらしく「顔に全部出てるから」と呆れたように笑われてしまった。

こういう、賢の察しのいいところは、苦手だ。

隠したいのに、賢には嘘もごまかしも通用しない。

「なんで賢にはすぐにバレるんだろ」

「美輝がわかりやすすぎるだけだと思うけどな」

「雅人は気づかないけど」

「雅人は鈍いだけ。でもまあ、そこが雅人のいいところだよな」

それはそうだけどさ。

「気づいてほしいなら本人に言えば？」

「ほんと、意地悪だよね、賢は」

なんのためにわたしが雅人の前では笑顔を心がけていると思っているのか。今朝も言ったように、そんなことをしたら傷つくのは雅人なのだ。

「あ、美輝、賢」

わたしたちの姿に気がついた雅人が声をかけてきた。町田さんも顔を上げて、わたしたちに軽く頭を下げる。そして、すぐに雅人に軽く手を振って去っていった。

「相変わらず愛想ねえな、お前の彼女」

賢が町田さんの背中を見つめながら言う。賢らしいストレートな物言いだ。

「そんなことないと思うけどなあ。人見知りだからそう見えるのかも？」

人見知り、か。それこそ〝そんなことない〟と思うけど。

賢と顔を見合わせて苦く笑う。

「なに？　ふたりしてなんだよー」

「なんにもー。ほら、はやく行こう！」

靴を履き替えて雅人の背中を押し歩く。

「急がなくても上映時間まで余裕あるから大丈夫だって」

「そうかもしれないけど、たっぷり遊びたいじゃん」

笑っていると、本当に気分が軽くなってくる。雅人といると笑おうと思う。そして
それはいつだって、わたし自身も救ってくれる――はずだ。

学校の最寄り駅から電車に乗り、帰宅途中にある駅で降りた。
このあたりでは一番大きく賑《にぎ》やかな駅前で、近くには大型のショッピングモールが
ある。その中に映画館があるのでまずはそこに向かい、夕方の上映回のチケットを購

入した。

「ひとが多いね、今日」

「この辺の学校どこも今日が終業式なんだろうな」

まわりには様々な制服を着た生徒たちが多い。涼しい室内のはずなのに、ひとの多さで蒸し暑いくらいだ。映画も人気なのか、目当ての上映回は満席になっていたし。

とりあえずお昼ご飯を食べようと、ショッピングモールを出て近くにあるファミリーレストランに入った。ランチのあとは近くの本屋に立ち寄ったりゲームセンターで遊んだりして時間を潰《つぶ》す。

「ねえ、このお菓子落とせる?」

クレーンゲームで雅人に訊くと、彼は任せろと言って気合いを入れた。けれどそう簡単にいくはずもない。雅人に続いてチャレンジした賢も同じ結果で、下手くそだと笑い合う。

こんなふうに過ごすの、すごく久々だ。

雅人は、スマホばかりを見る、なんてこともない。くだらない話をしていると、いつの間にか町田さんのことや、ずっと胸から消えなかったさびしさや不安が、きれいさっぱり消えてなくなって、心がずっと弾んでいる。

映画を観終わったのは夜八時近くで、外に出ると太陽はすっかり姿を消していて真っ暗だった。その足で、そばにあるファストフード店に入る。

「面白かったなあ」

映画のあとは感想を言い合うのがいつものコースだ。昼間よりも随分とひとの少なくなった店の窓際の席に腰を下ろすと、雅人がパンフレットを広げて言った。

「結構よかったな。でも、もうちょっと終盤かっこいいシーン観たかったな」

雅人の興奮に対して、賢がズズズ、とジュースを飲みながらそっけない返事をする。

「っていうか、雅人先週も映画観に行ってたよな。てっきりこの映画観たと思ってた」

「きみちゃんと行ったときは違うの観たんだよ」

ふと疑問を口にした賢に、雅人は自然に〝きみちゃん〟と名前を出した。

町田さんのことをそんなふうにかわいく呼んでるのを聞くたびに、いつも胸がずしんと重くなる。それを隠すように俯《うつむ》いてポテトを見つめる。そして、丁寧に一本ずつつまんで口に運んでいく。

せっかく今までいい気分だったのに、また、いやな気持ちが体中に広がっていく。

「今、ほかに面白い映画あったっけ?」

「いや、きみちゃん、アクション映画好きじゃないからさ」

雅人はアクション映画が一番好きなのに。好きじゃなくても雅人が好きなんだから一緒に観てあげればいいのに。

「雅人が合わせてんだ。意外だな。オレらといるときは絶対自分の観たいの譲んねえくせに」

「俺をわがままみたいに言うなよ。ふたりだってあんまり反対しねえじゃん。え、もしかして美輝、今まで我慢してたとか？」

「はは、そんなことないよ」

雅人に話を振られて、頬を引き上げる。雅人は「だよなあ」と安堵したように目尻を下げた。

「オレは我慢してたけどな」

「そんなこと言って、賢が一番俺に甘いの、知ってるんだから」

気持ち悪い言い方するなよ、と賢が体を反らせると、雅人はケラケラと笑う。それをわたしはぼんやりと眺める。もちろん、口の端を上げたままで。

「ま、俺だってそりゃ、好きな子には多少合わせるんだよ。っていうか毎回交替でお互いが選ぶことにしたんだ。前回はきみちゃんが選んだだけ」

自慢げな口調に、きゅっと唇を噛んだ。

仲がよさそうなエピソードに、悔しさが滲んでくる。

「そうしないと、きみちゃんって俺に合わせようとしちゃうからさ」

町田さんが雅人に合わせるんだ。今日の彼女の様子からはそんなのちっとも想像できない。

たぶん、雅人の前ではいい子のフリをしているんだろう。

わたしの前では全然違うのに。

「……雅人は、町田さんの、どこが好きなの？」

「え、なに急に」

声に出ていたことに雅人の返事が聞こえたことで気づく。焦ったけれど、いやな感じにならなかったようで雅人の態度がいつも通りであることにほっとした。

「えーっと、訊いたことなかったなって」

「美輝がそんなこと言い出すなんて珍しいな。んー、どこだろ」

雅人は腕を組んで考える。なんでもないフリをしているけれど、恥ずかしいのか頬がほんのりと赤く染まっていた。

なに、その顔。そんな顔、初めて見た。

「照れんなよ、気持ちわりぃー」

「そんなこと言うなよ、誰だって照れるだろー。えーっと、そうだなあ、どこって言われると難しいけど……すごく、かわいかったんだよね」

「顔が、ってこと？」

「もちろん見た目もかわいいんだけど……それだけじゃなくて、なんかこう、かわいいんだよ。ギャップっていうのかな」

ギャップってなんだろう。

首を捻っていると、雅人は話を続けた。

「付き合う前、きみちゃんが廊下で、なにもないところなのに顔面からコケたんだよ。たまたまそばにいたから声をかけたらさ、きみちゃん顔を真っ赤にしてすげえ慌てて、それが、かわいかったんだ」

思い出しているのか、雅人がクスクスとひとりで笑っている。

付き合う前にそんなことがあったのか。雅人が『前から気になっていた』と言っていたのは、町田さんの容姿のことではなく、その出会いのことだったのか。

でも、雅人はそのことを今まで言わなかった。雅人なら〝今日すごいかわいい女の子がコケてたんだ〟って言いそうなのに。

「一見落ち着いた雰囲気なんだけど、本当は、まわりに気を遣いすぎるだけの不器用な子なんだよな。そのせいでまわりに誤解されることが多いんだけど」

「へー」

話し続ける雅人に、賢はあからさまに興味がなさそうな返事をする。わたしはそのおかげで、〝そんなの嘘だよ〟という言葉をぐっと堪えることができた。

気を遣いすぎるひとが、わたしにいやみを言うわけがない。

「でも、根が素直だからか、我慢しててもバレバレでさ、それがほんっとかわいいんだよ。嫉妬してるのも隠そうとするんだけど、もう、すぐわかるんだよ。かといって指摘しても、そんなことない、て認めようとしないところもかわいい」

話をしているあいだに雅人の顔はだらしなくなっていく。ただの惚気《のろけ》だ。

ゆっくりと口に含むポテトは、まったく味がしなかった。中身がもうないのに、何度もドリンクのストローに口をつけてしまう。

「なに？　雅人、嫉妬されてんの？」

「美輝と一緒にいると、ちょっと拗ねるんだよなあ。本人は認めないけど」

突然出てきたわたしの名前に、手にしていたポテトがぽろりと床に落ちた。

「え？　わたし？」

「美輝はそんなんじゃないって伝えてるし、きみちゃんもそれはわかってる、って言ってくれるんだけどさ。でもふたりきりで会うのは気になるっぽい。平気なフリしててもやっぱりわかるんだよなあ」

嫉妬。その気持ちは理解できる。わたしだって町田さんにしているし、町田さんが幼馴染みであるわたしに嫉妬するのも当然だろう。これまで雅人に片想いをしている女子に文句を言われたことだってある。

でも、そうか。

「……だから、最近あんまり遊べなかったんだ」

ははは、と乾いた笑いを浮かべると、雅人は「え？　そうか？　そんなつもりはなかったんだけどなあ」と考えこむ。

そんなことあるよ。

こうして一緒に帰るのも、町田さんと付き合ってから初めてのことだ。休日だって、一度も遊びに行っていない。会うのは朝と、ときどき夕方に一緒に映画やドラマを観に家に行くくらいだ。それも、賢がいるときだけ。

雅人は、町田さんを優先していた。

彼女なんだから仕方がないと必死に自分に言い聞かせていたけれど、こうして雅人から直接話を聞くと、不満が膨れていく。

なんでわたしよりも町田さんを選ぶの。

彼女よりもわたしのほうがずっと一緒にいたのに。

幼馴染みなんだから、別にふたりでいたっていいじゃない。

彼女が嫉妬するからってなんなの。わたしのほうがずっと、町田さんを羨ましいと思っている、ずるいって僻《ひが》んでいる。妬《ねた》ましくて仕方がない。だって町田さんは幼馴染みでもなんでもないのに、〝彼女〟だからという理由でわたしに向けられていた笑顔を奪い、わたしたちの約束を壊し、そのうえ、幼馴染みとして一緒にいる時間も奪い取ろうとしているのだから。

――『美輝はそんなんじゃない』

じゃあ、雅人にとって、わたしはなに。

わたしが彼女だったらよかったんだろうか。

そしたら、なにもかわらないままだったはずだ。

喉が、詰まる。唇に歯を立てると今度は視界がじわりとにじみ出し、俯いて目をつむる。

「あ、そうそう、それでさ」

雅人はわたしの様子を気に留めることもなく話を続けた。気づかれると困るのに、少しくらい気づいてよ、と言いたくなるほどの明るい声だ。

「今度の美輝の誕生日、きみちゃんも一緒でいい？」

「……え？」

目の前が、真っ暗になる。

空気を吐き出すような情けない声をもらして顔を上げた。

「今日、美輝の誕生日は会えないっていう話をしたら、きみちゃんも一緒に祝いたいって。美輝も、たくさんのひとに祝われたほうが楽しいだろ？」

あの子がわたしの誕生日を祝いたいわけがない。わたしと雅人が一緒にいることが気に入らないから、邪魔したいだけだろう。

これまで、毎年誕生日は雅人と過ごしていた。中学に入ってからは真知や賢も一緒だったこともある。もちろん雅人の誕生日も。

祝われるのはもちろんうれしい。でもそれは、わたしが大切なひとに、だ。その中に町田さんは含まれない。むしろいてほしくない。

「美輝ときみちゃんが仲良くなったら俺もうれしいし」

雅人は目を細めてわたしを見た。まるで最高の提案をしているかのように、満面の笑みだった。

わたしは仲良くなんかしたくない。

今、はっきり、明確に、思う。

わたしは、町田さんのことが、嫌いだ。

なんで雅人と付き合ってるのが町田さんなの。町田さんが雅人の彼女だからじゃない。雅人の彼女が町田さんなのが、いやだ。

嫌いだ。大嫌いだ!

はやく別れてしまえばいいのに。町田さんなんか、いなくなればいいのに。そしたら、すべてが元に戻るのに。

吐き出せない言葉を堪えながらテーブルの下で拳を作った。こんなこと口にしたら、雅人に嫌われてしまう。でも、このドロドロしたわたしの醜い気持ちはなくなってくれない。胸の中に溜まって、気持ち悪い。

全部町田さんのせいだ。ますます彼女を嫌いになっていく。

「どう？」

「いや――……」

これだけは無理、と断ろうとした瞬間、どこかからスマホのバイブレーションが聞こえてきて、雅人がポケットを探る。取り出すと「ちょっとごめん」と言ってスマホを耳に当てた。

……なんか、もう気分が最悪だ。

「これやるわ」

茫然としていると、わたしのトレイに賢がポテトをのせる。

「なに、急に」

「ポテト食っとけ」

偉そうな口調だったけれど、泣きたくないなら、と言われたような気がして、ふっと情けない顔で笑ってしまう。

雅人と一緒にいるときは、泣きたくない。わたしが泣いたら雅人は困るのを知っているから。雅人まで泣きそうな顔をするから。雅人が泣くのはいい。でもそれがわたしのせいなのは、いやだ。なのに、賢のやさしさに触れると泣きたくなってしまう。

「ありがと、賢」

震えそうになる声を必死に抑えて呟いた。賢はなにも言わずに残っているジュース に口をつける。

電話に出た雅人は静かだった。不思議に思って顔を上げると、雅人は感情が抜け落ちてしまったような表情でどこかを見つめて固まっている。どうしたのかと賢と目を合わせると、

「――え?」

と、今まで聞いたことのない雅人の低い声が耳に届いた。

雅人は何度か瞬《まばた》きをしてから、目線を小刻みに揺らした。焦点が定まらない様子で、顔は真っ青、ではなく、真っ白に見える。

それは、数年前のお母さんと同じだった。

様子がおかしい。わたしの心臓がせわしなく伸縮しはじめる。動悸が激しくて呼吸をするのが苦しくなる。

「す、すぐ、行きます」

雅人の声は震えていた。

どこに行くんだろう。雅人の家族になにかあったのだろうか。

「あ、の、きみちゃんは……無、事……なんですか？」

その言葉に、わたしの体温がぐっと下がった。

電話の相手の声は、わたしには聞こえない。雅人の様子から察するしかない。

雅人は「はい」「はい」と短く返事をして、「じゃあ」とスマホを耳から離した。そして、ゆっくりとわたしと賢のほうに顔を向ける。

雅人は、感情が抜け落ちたみたいな、虚ろな目をしていた。

どうしたの？　と聞きたいのに、心臓が早鐘を打って声を出すことができない。

雅人は何度も口を開いては閉じ、うろたえた様子で髪の毛をくしゃりと握りつぶしてはあちこちに視線を動かした。

「き」

息を吐き出すように、微かな言葉が聞こえた。

「きみちゃんが、事故に遭《あ》って、病院に、運ばれた、って……」

「――どこの病院だ」

雅人の消え入りそうな声に、賢がすぐさま席を立って声をかけた。そしてそのまま雅人の腕を掴み引き上げる。雅人はパニックになっているのか、「え？　え？」と戸惑っていた。

わ、わたしはどうすれば。片付けないと。カバン持たないと。連絡しないと。事故ってなに？　病院ってどういうこと？

頭の中がぐるぐるしてきて、無意味に手を宙に彷徨《さまよ》わせる。

「行くんだろ！　どこの病院だ」

「……あ、ああ……えと……」

座ったまま動けないでいる雅人に賢が声を荒らげた。店内の視線がふたりに集まるのがわかる。それでも雅人はまだ思考がはっきりしないようで、言葉にならない声を発しながらわたしを見た。

瞳に、涙が滲んでいた。

雅人は昔から、困るといつもわたしを見た。

「い、行こう、雅人」

そのおかげで冷静になり、三人のカバンを掴んで立ち上がる。そこでやっと雅人も腰を上げて、力強く頷いた。

しっかりしなくちゃ。雅人のそばに、ついていなければ。

あの日、雅人がわたしのそばにいてくれたように。

慌ただしく店内をあとにして、目の前の大通りで足を止めた。ここから病院ってどう行けばいいんだろう。とりあえず駅に向かってそのあいだに行き方を調べたらいいだろうか。そんなことを考えていると、賢は目の前を通り過ぎようとしたタクシーを手を上げて止める。

「はやく乗れ」

開いたドアに雅人を押しこんで、次にわたしを入れる。最後に乗りこんできた賢が雅人に聞いた病院名を運転手さんに伝えた。

となりの雅人の手が、ズボンを握りしめている。微かに震えるその手を、そっと包みこむように握ったけれど、なんの反応もなかった。ただ、うるさいほどの心拍音だけが、手のひらから伝わって聞こえてくる。それが、雅人のものなのか、わたしのものなのかは、わからない。

反対側にいる賢は無表情で前だけを見ていた。

窓の外の夜の景色がびゅんびゅんと通り過ぎていく。

現実味がなく、時間が通り過ぎていく中でわたしたちだけが取り残されているような、そんな気持ちになった。


十五分ほどで車が目的地に着いて止まる。

ドアが開いて賢が支払いを終えて降りると、雅人はわたしの手を振りほどいて外に出ていった。そして、病院に向かって駆け出していく。

わたしのほうを見ることもなく、わたしに声をかけることもなく、まっすぐに走っていく雅人の後ろ姿が、あの日のお母さんの後ろ姿と重なった。

わたしがこの病院に来たのは、三年前だ。真夜中にお母さんとタクシーに乗ってここに連れてこられた。わたしの手を握りしめ、引きずるようにして前だけを見て突き進むお母さんを必死に追いかけた。

お父さんが、亡くなった日のことだ。

思い出すと、真夏なのに体温が下がって指先が冷たくなっていく。

「大丈夫か？」

賢がわたしの肩にぽんっと手をのせてきて、体が大げさなほど跳ね上がった。顔を上げると、今度は疑問形ではなく「大丈夫だから」と言う。

なにが大丈夫なのかはわからない。でも、そう言ってもらえたことで、わずかに気持ちが落ち着いた。

「ありがと」

「雅人が先に行ったから、受付で場所聞くか」

うん、と返事をして深く息を吸いこんでから足を踏み出した。

わたしがうろたえてどうするんだ、と自分を叱咤《しった》する。この状況で、一番不安なのは雅人だ。一緒になってわたわたして情けない。賢がいなかったら、まだ店内でオロオロしたままだったかもしれない。動けたとしても、あのとき、わたしにはタクシーに乗ることなんて思いつかなかった。

自分の不甲斐《ふがい》なさを感じつつも、賢がいてくれて本当によかった、と心から思う。

入り口をくぐって中に入ると、ちょうど雅人が受付で場所を聞いたところらしく、奥の病棟に走っていく後ろ姿が見えた。慌ててわたしたちも追いかける。渡り廊下を通って、曲がった先にあるエレベーターの前で雅人と合流し、やってきたエレベーターに三人で乗りこんだ。

雅人が押したのは、三階のボタンだった。

三階にはたしか、手術室がある。三年前もお母さんが同じボタンを押したのを覚えている。すべてが、お父さんのときと一緒だ。

あの日の光景と重なっていく状況に心臓がキリキリと痛む。

三階に着いて扉が開くと、雅人は飛び出した。そして、そばにあったパーティションの裏に入ると、誰かを見つけたのか立ち止まり、

「あっ、き、きみちゃんは？」

と声をかける。雅人のあとに続いてわたしと賢が顔を出すと、そこは簡易的に作られた待合室のようになっていた。そこにあるソファに座っていたひとりの女性が立ち上がる。お母さんと同い年くらいなので、おそらく、町田さんの母親だろう。となりには父親らしいおじさんもいる。

「雅人くん……」

　おばさんの目は真っ赤に染まっていて、手にはハンカチが握りしめられている。おじさんも、おばさんに釣られるように立ち上がった。瞳が潤んでいて、口を真一文字に結びなにかを堪えているように見えた。

　奥の壁際には、ひとりの男子がいた。わたしたちの制服とは違う、グレーのズボンは私立の男子校のものだったはずだ。彼は、顔色が悪く、自分の体を抱きしめるように腕を組んでいる。なんとなく視線を落とすと、彼のズボンの裾が汚れていることに気がついた。赤黒いなにかに、染まっている。

　誰、だろう。

　町田さんの兄弟かと思ったけれど、おばさんたちから離れた場所にいるし、目を合わせようともしない。それに、彼女はひとりっ子だと雅人が以前言っていたような気もする。

　彼は、わたしたちのほうには顔を向けず、立ったままどこかを見つめていた。

「貴美子は今、緊急手術中で……」

　おばさんは震える声でそう告げ、それ以上は続けられなくなってしまったのか口元をハンカチで押さえた。そばにいるおじさんの服を握りしめ、立つこともままならないのかソファに腰を下ろす。雅人はおじさんとおばさんのそばに座り、わたしと賢は少し離れた窓際のソファに移動した。そばにいる他校の男子を一瞥《いちべつ》したけれど、やっぱり彼と視線が合うことはなかった。

雅人はぎゅうっと両手を膝の上で握りしめていた。涙はこぼしていなかったけれど、今にも泣き出しそうなほど苦しそうに見える。

緊急手術、ということは今、町田さんは目の前に見える扉の中にいるのだろう。扉には、テレビで見かけるような赤いランプはなかった。終わったら、看護師さんが声をかけてくれるまでこの場所で待っているしかない。

どのくらいで終わるのか、現状はどうなっているのか、そういったことは一切わからないので、不安だけが募っていく。

わたしとお母さんも、この場所で長い時間を過ごした。お父さんが出てくるのを願って待っていた。

病院は、静寂に包まれている。独特な匂いが充満していて、現実味が失われていく。つい三十分ほど前まで、ファストフードで雅人と賢と笑っていたはずなのに。町田さんとだって、数時間前に言葉を交わしたのに。

——わたしが、消えちゃえばいいいって思ったから？

浮かんだ言葉に衝撃で視界が揺れた。

まさか。そんなわけがない。思っただけで町田さんになにかが起こるわけがないし、わたしはこんなことを望んだわけでもない。

ただ、雅人と別れてほしかっただけだ。

雅人のそばから、いなくなってほしかっただけだ。

小さく頭を振って、顔を上げる。そこには窓があり、その先には夜空が広がっていた。鏡のように窓ガラスにわたしの顔が映りこんでいるけれど、それでもひとつ、光を放って輝いている星が見える。

星空はわたしに〝死〟を連想させるから、いやだ。

三年前のあの日も、わたしはここから空を見ていた。どのくらいの時間だったのかは思い出せない。けれど、途方もなく長い時間だった。お母さんは何度か誰かに呼び出され席を立った。わたしは、ひとり、星空を眺めていた。今と同じ夏の夜空を、今と同じ場所から見つめた。

ガラスに映る自分の顔。その先に見える、輝くひとつの星。あれはなんて名前の星だろう。お父さんに聞けば教えてくれるだろうか。そんなことを考えていた。

あの日の朝、お父さんはいつも通りの時間に家を出た。「じゃあ行ってくるな」と声をかけてきたお父さんに、わたしはなんて返事をしただろうか。まだ半分寝ている状態で、テーブルに並べられた朝ご飯を頬張っていた記憶はある。ひらひらと手を振っただけで挨拶を済ませたかもしれない。

あの日がお父さんに会う最後の日になるなんて、夢にも思っていなかった。いつもどおりの朝だった。

そんなことを考えていると、背筋に冷たいものが走る。

町田さんも、お父さんと同じようにこのまま帰ってこないかもしれない。

死んでしまったら、もう会えない。泣いてもわめいても、文句を言っても嫌っても、なにも届かないし、なにも返ってこない。

ただ、突然、いなくなる。これからの日々に、ぽかんと空洞ができる。

空に浮かぶ星が、どんどん近づいているように感じた。すぐ近くまで迫ってきているような気がして、掴めそうだ——と思わず、ガラスに手を重ねる。

そのとき。

「雅人くん……」

背後から、聞き覚えのある声がわたしの耳に届いた。

ゆっくりと振り返ると、雅人のそばにひとりの女の子——町田さんが立っている。

制服姿の彼女は、雅人を見下ろしていた。綺麗な黒髪が垂れていて表情は見えない。

なにをしているんだろう、と目を瞬かせていると、彼女は雅人の足元に膝をついた。

そして、震える彼の手を、彼女のきれいな手がそっと包みこむ。

「ごめんね」

顔を上げた町田さんは、はらはらと涙を流していた。
町田さんはなにに対して謝っているのだろう。どうして、泣いているんだろう。
ただ、その姿は、とても、とてもきれいだった。
まるで一番星のように、光り輝いて見えた。

星空は窓の外

町田さんの涙から、目がそらせなかった。

彼女の大きな瞳から、雫《しずく》がぽろりぽろりと溢れ落ちて、頬を伝う。そのひとつひとつが星屑《ほしくず》のように輝いて見える。

町田さんは雅人のそばに跪《ひざまず》いて、彼の顔を覗《のぞ》きこみ謝罪を繰り返していた。ごめんね、ごめんね、とささやく声がわたしたちを包む静かな空間に響き渡る。

けれど、雅人は彼女の目を見ようとはしない。町田さんが現れる前となにひとつ変わらない様子で俯いたままだ。

驚いて固まっているのだろうか、と思ったけれど、そうじゃない。まわりにいるひとも、雅人と同じように町田さんには視線を向けていなかった。まるで、町田さんの姿が見えていないかのように、神妙な顔で黙ったままそこにいる。

その異様な光景に、呼吸ができなくなる。

おかしい。なにかが、おかしい。

それになんで、町田さんは制服姿なんだろう。

手術中だったはずだ。制服を着ているはずがない。それに、わたしの目に映る彼女は、どこも怪我をしているようには見えない。

もしかして……わたしひとりだけが、町田さんの姿を捉えているのでは。

そう思った瞬間、全身に震えが走った。口元を押さえて息を吞む。

「──あ」

声が漏《も》れる。なにか言いたかったわけじゃないのに。

それは思ったよりも大きなものだったようで、雅人のとなりにいたおばさんが顔を上げてわたしを見た。涙を溜めた瞳が、蛍光灯の灯りを反射させる。

「あ、ごめんなさいね。来てくれてありがとう」

「っ、あ、いえ、そんな、ことは……」

うまく息が吸えなくて、声がまともに出せない。かわりに顔を横に振る。

「あの子のことをこんなふうに心配してくれる友だちがいてくれて、よかった」

友だち、という言葉にどういう表情をすればいいのかわからなくなり、曖昧に頷いた。賢もなんと言っていいのかわからないのか、無言だ。

わたしと町田さんは、友だちではない。わたしがここにいるのは、町田さんを心配したからではなく、雅人のためだった。雅人が町田さんと付き合っていなければ、わたしたちは彼女が事故に遭ったことすら知らなかっただろう。

「高校で雅人くんと出会って、あなたみたいなやさしい友だちもできたのに……でもきっと、ね」

おばさんは必死に前向きな言葉を紡ごうとしている。そうさせてしまっていることに申し訳ない気持ちでいっぱいになり、目を伏せた。

町田さんが女子に嫌われていることは噂で聞いていたし、いつも彼女はひとりだった。けれど、友だちが少ないだけだと思っていた。もしかすると、本当に友だちと酔えるような子はいなかったのかもしれない。

ちらりと雅人のほうに視線を向けると、そこにはやっぱり町田さんがいた。この会話は、彼女に聞こえているのだろうか。さっきと同じ体勢で雅人を見つめている様子からは、わからない。

っていうかやっぱり、おばさんにも町田さんの姿は見えていないようだ。

頭が、ぐるぐるする。

「まだ、時間がかかると思うから今日はそろそろ……親御さんも心配するでしょう」

時間はすでに十時前だ。たしかに帰ったほうがいいだろう。気を遣わせるだけで、わたしにはなにもできない。賢と視線を交わしてから「はい」と頷いた。

「また、貴美子に会いにきてね」

町田さんはそこにいますよ、とは言えない。憔悴《しょうすい》しているおばさんやおじさんを傷つけてしまうだろうし、冗談を言っていると思われて怒られる可能性もある。今は、町田さんの名前を口にすることすら憚《はばか》られる。

「雅人くんも……」

おじさんが雅人に声をかけると、「いや……俺は、家にも、連絡入れておくので、大丈夫です」と雅人はしどろもどろに答えながら首を振った。

「ここに、いさせてください」

顔を上げた雅人は、今にも泣いてしまいそうなほど顔を歪ませていた。けれど、力強く頑なな口調で、おじさんはなにも言わず、雅人の肩を抱いた。

「じゃあ、オレらはこれで……雅人、また連絡するから」

賢がカバンを手にして立ち上がり、雅人に呼びかける。

「あ、うん、ありがとう」

まだ顔色の悪い雅人は、椅子に座ったままわたしと賢を見て力なく微笑んだ。泣いていないのに瞳は真っ赤になっている。

雅人は手術が終わるまで待っているつもりなのだろう。

本当にまだ、手術中なのだろうか。雅人のそばには、彼の手を握っている町田さんがいるのに。

いや、終わっていた場合、わたしにだけ見えているらしい町田さんはもしかすると——。縁起でもないことを考えてしまい、ぎゅっとカバンを握りしめた。

今はなにも考えないほうがいい。

こんな意味のわからない状況で、動揺している状態で、考えるのはよくない。

町田さんの姿を視界に入らないようにして、おじさんとおばさんに挨拶する。一応ソファに座ることなく立っている見知らぬ男子にも頭を下げた。彼はそれに気づいていないのか、床を見つめたまま微動だにしない。

わたしがエレベーターに乗るまで、町田さんが雅人に謝罪する声がずっと聞こえていた。


電車に乗るまで、わたしは一言も言葉を発することができなかった。電車の出入り口の向かいに立っている賢も無言で窓の外の景色を眺めている。

ガラスの向こうには、黒く染まった町並みが広がっている。

目をつむると、瞼《まぶた》の裏に泣いていた町田さんの横顔と、涙をこらえて笑う雅人が蘇る。

雅人が泣くのを見るのは、昔から苦手だ。雅人には笑っていてほしい。笑っているほうがいい。けれどそれ以上に、雅人が我慢している姿は胸が苦しくなる。

謝っていた町田さんも、同じような気持ちだったのだろうか。雅人に悲しい思いをさせたことが、町田さんも苦しかったのだろうか。あの子も、雅人が泣いていたら悲しいんだろうか。

……でも、わたしが見たあの光景は、幻覚だったのかもしれない。わたしがそうであってほしいと思って、わたしの脳が勝手に見せたものなのかも。

きっとそうだ。

いや、あれは間違いなく町田さんだった。

思考が行ったり来たりする。何度も自分を納得させようとしてもどうしても拭えない。そんなはずがないともうひとりの自分が叫ぶ。

「賢、あの、町田さん……」

ささやくように賢に話しかけると、彼はガラス越しにわたしと目を合わせて「無事だといいいな」と言った。

賢にも、町田さんは見えていなかったのだろう。

わかっていたけれど、でも、そうだよね、と受け入れることは難しい。

誰にも見えていないけれど、そばにいた。っていうことはやっぱり彼女は――幽霊なのだろうか。

幼い頃から心霊的なものを、わたしは信じていない。お父さんが亡くなってからは昔以上だ。そんなのはフィクションの中だけか、インチキかどちらかだ。そう思っていた。なのに。

でもさっき見たのが幽霊だったら、町田さんはもうすでに――。いや、そうじゃない。そんなわけがない。町田さんはまだ生きているはずだ。

では、生霊《いきりょう》、とかになるんだろうか。

どっちにしても現実離れしすぎている。ありえない。

やっぱり幻覚だ。

うん、きっとそうだ。

もうこれ以上考えるのはやめよう。

だから。

「無事でいたらいいね」

心の底から、そう思って口にした。

町田さんのことが嫌いだからといって、死んでほしいとは微塵《みじん》も思わない。

死んでしまったら、この先のすべてが、なくなってしまう。

生きているひとだけが、その場所に取り残されてしまう。

いなくなったひとの思い出にどれだけ幸せを感じたところで、それ以上はなにも生み出されない。それどころか、もう二度と手に入らないことを思い知らされて幸福感の何倍もの虚しさを抱く。

言いたい文句があったとて、それを伝えることもできない。

すべてを、自分で消化するしかない。

時間をかけて、なんとか折り合いをつけて生きていくしかない。

突然の事故や病死なら、尚更だ。

わたしとお母さんはそんなふうに過ごすしかできなかった。

わたしは、雅人にそんな思いをしてほしくない。だから、雅人のために、町田さんには無事であってほしい。

純粋な気持ちで町田さんの心配をしていないわたしは、やっぱり性格が悪いのだろう。それでもいい。わたしは最低でもいい。大事なひとが悲しむ姿は、見たくない。

願うように目を閉じると、「そういえば……」と賢が声を発した。

「そばにいたあの男、誰だったんだろうな」

「ああ……誰だろうね」

彼は一度もあの場所を動かず、誰とも話をしなかった。もしかすると町田さんに関係のないひとだったのかもしれない。

ならば、あの場所にいた理由はなんだろう。

悲痛な顔をして、許されるのを待っているようだった。

息を殺して、ただ祈っていたようにも見える。

そう思うのは、わたしがかつて――三年前に――彼によく似た様子で佇《たたず》んでいた女性を見たことがあるからだろうか。

ということは。

「……まさかね」

自嘲気味に呟いて、電車を降りた。

駅で賢と別れてから、バスに乗りこみマンションに帰った。

部屋の鍵を開けて中に入ると、朝はガンガンに効いていたクーラーの余韻は当然ながらすっかり消え去っていて、生ぬるい空気が充満している。たしかお母さんは今日、仕事で帰宅が遅いと言っていた。今頃、苦手なお酒を飲んでいることだろう。

真っ暗な部屋に灯りを点けて、リビングに向かう。キッチンには朝やり残した洗い物が流しに置きっぱなしになっていた。片付けるのは晩ご飯を食べてからにしようと思ったけれど、まったく食欲がない。というかなにもする気が起きない。

「もういいや。寝よう」

いつもならお母さんの帰りを待つ。でも、今日は無理だ。

息苦しさを感じて、ベランダを開けて外に出た。サンダルを履いて真っ暗な空を見上げる。世界が暗闇に侵されているみたいに黒に覆われている。その中に、ぽつぽつと星が瞬いている。

雅人にとって、今日はきっと長い夜になる。

どうか、誰かが悲しむような明日が訪れませんように。明日は雅人が笑顔でいられますように。

星にそう願いを込めて目をつむった。

・○○・。。・○○・

何回目かのアラームでやっと目が覚めた。

窓を閉めているのに外から蝉の鳴き声が聞こえてくる。かなりいい天気なのが、カーテンの隙間から差しこむ光でわかった。

寝て起きると、昨日のことは夢だったんじゃないかと思えてくる。けれど、体の重さと残る憂鬱さがそうじゃないことをわたしに伝えている。

目をこすりながらリビングに行くと、お母さんが朝食を並べていた。

「あ、おはよう、美輝」

「おはよ。お母さん、顔めっちゃ浮腫《むく》んでるよ」

指摘すると、お母さんは「え、やだ!」と頬に手を添える。お母さんはお酒を飲んだ次の日は絶対顔が浮腫む。にしても、お酒を飲んで遅く帰ってきた次の日も朝から仕事に行かなくちゃいけないなんて、大人は大変だ。

今日のご飯はトーストされた食パンに苺《いちご》ジャム、そして目玉焼きとサラダ、スープだった。夏休みに入ったら朝ご飯はわたしが準備しよう、と思っていたのに、初日から間に合わなかったことにしょんぼりする。

「お母さん、昨日帰ってくるの遅かったの?」

「十二時前には帰ってきたわよ。美輝は昨日早く寝たのね」

「うん、ちょっと疲れてて……」

お母さんは話ながら忙しそうにリビングを走り回る。髪を整えたり化粧のチェックをしたり、洗い物をしたり、軽く掃除をしたり。

「お母さん、もう出るけど、美輝は今日どこか行くの?」

「……出かける、つもり」

雅人がどうしているのか考えると、じっとしていられない。雅人のそばにいたい。でも、雅人からなんの連絡もない状態で病院に押しかけるのはどうだろうかと悩んでもいる。

一度、賢に相談してみようかな。賢は今日部活かなあ。

「そう、なにかあったら連絡してね」

「うん、行ってらっしゃい」

わたしの返事に、お母さんはやさしく笑って「じゃあね」とカバンを肩にかけて出ていった。

お母さんは今年で四十五歳になる。けれど、三十代と言われても問題ないくらい若く見える。

働きに出るまでのお母さんは、今とはちょっと雰囲気が違った。おしゃべりだったけれど、今ほど慌ただしくはしていなかったし、化粧も毎日はしていなかった。いつも家にいて、のんびり屋だった記憶がある。どちらのお母さんも好きだが、今のほうが生き生きしているように見える。

「……雅人のお母さんから、なにか聞いたんだろうなあ」

さっきのお母さんの様子を思い返して呟く。

なんとなく、わたしを気遣うような表情をしていたように思う。お母さんと雅人のお母さんは仲がいいので、メッセージか電話で雅人の状況を聞いていたのだろう。昨晩家に帰ってくる前には連絡をもらっていたんじゃないだろうか。

そうでなかったとしても、遅かれはやかれお母さんは知ることになっていただろう。

このマンションは、情報が広がるのがとてもはやい。雅人にかわいい彼女ができたことも、いつの間にかみんな知っていた。ほかにも誰かが結婚したとか高校に合格したとか、大学に落ちただとか、ときには夫婦の不仲ですら噂になる。

もちろん、お父さんの死もその原因も、このマンションの住人は全員知っている。

町田さんの話を聞いたお母さんは、お父さんのことを思い出しただろうか。もしかしたら昨晩、帰宅してからお母さんは少し、泣いたんじゃないだろうか。顔が浮腫んでいたのはそのせいだった可能性もある。

先に寝ずに待っていたらよかったな、と今さらながら後悔した。

ご飯を食べ終わり、流しに食器を運んでから和室にそっと足を踏み入れた。和室の奥には仏壇があり、そこには三年前のお父さんの笑顔が飾られている。

わたしの記憶のままの、やさしいお父さんの笑顔だ。

それは、お父さんの残酷さを表しているようにも思う。

手を合わせて、いつもの疑問を投げかける。答えはもちろん、返ってこない。

お父さんが亡くなった日のことは、今も覚えている。

真夜中に電話が鳴り、お母さんが出た。わたしはリビングでテレビを観ていて、会話は聞いていなかった。お母さんは電話が終わるとすぐにわたしの手を引いて、これから出かけるのだと言った。マンションの下でタクシーを呼び、わたしとお母さんは病院に向かった。

あのときのわたしは、状況がさっぱりわからなかった。連れてこられた場所が病院だったので、もしかして、という思いはあったけれど、動揺しているお母さんに確かめることができず、ただ不安を抱えて待合室に座っていた。

家に帰れたのは、次の日の、太陽が昇ってからだった。

お父さんは車で帰宅中、体調不良によりハンドル操作を誤って電柱に衝突したのだという。死因は事故ではなく、病気だったらしい。

その日から数日間のことは、曖昧だ。

ぼんやりとした記憶しかないのに、脳裏に写真のように鮮明に残っていることもあり、思い出すと不思議な気持ちになる。

お母さんはお通夜やお葬式はもちろん、その他様々な手続きに忙しそうにしていて、わたしは邪魔にならないようにしつつ、お母さんの手伝いを必死にした。

たくさんのひとが、泣いていた。

人前では涙を流さなかったけれど、お母さんも泣いていた。

静かに涙をこぼしていたときもある。けれど、泣き叫び、声を荒らげて、ひとを罵《ば》倒《とう》し、取り乱したお母さんの姿も忘れられない。

お父さんが亡くなったことよりも、痛々しいお母さんを見ているのがつらかった。

今までの日々が壊れてしまった出来事だった。

あの日を境に、間違いなくわたしとお母さんの日々は、変化した。

お父さんの死から数ヶ月後に、お母さんは出産前まで働いていたという広告代理店に再就職した。今では営業兼ディレクターとして毎日忙しそうにしている。帰宅ははやくても夜の八時前で、遅いときは十二時を過ぎる。土日も出勤することが多い。

以前、お母さんと同じ会社で働いているという女のひとが家にやってきたとき、頼りがいのあるやさしい上司で憧れている、と言っていた。

それを誇らしく思った。自慢のお母さんだ、と思った。

でも、わたしはお母さんと一緒に過ごす時間が減り、家の中にひとりきりになることが増えた。それがさびしくないと言えば嘘になる。わたしのためであることはわかっていても、帰宅しても誰もいない、休みの日に一緒に買い物に行くことができない、今日会ったことを話す時間さえない日があることに、心細さを感じるときがある。

でもそれが、お母さんとわたしの生活になった。

少しでもお母さんを助けたいと思い、わたしは自分のことは自分でするようになった。それまでは朝に弱く寝坊ばかりだったのに、自分で起きるようにして、学校から帰ったら部屋の掃除に洗濯をするようにもなった。料理も覚えて、今ではわたしが朝ご飯や晩ご飯を作るときもある。

お父さんがいた日々と比べたら、劇的な変化だ。

――『ずっと美輝のそばにいるからな』

そう言って、幼いわたしを軽々と持ち上げて笑っていたお父さんはもういない。

――『ずっと、そばにいるよ』

かわりに、そう言ってわたしの手を握ってくれた泣き虫の雅人がいた。

信じるのが怖くなったわたしを信じさせてくれた雅人は、わたしにとって大切で特別な人になった。そう思えることがうれしくて、わたしは大事なひとのことは絶対に大切にするんだと心に決めた。

だから、今のわたしがすることは。

「よし」

そう声を出しすっくと立ち上がると、リビングのテーブルに置いたままにしていたスマホがガタガタと震え出した。雅人からかも、と慌てて手にして画面を見ると、賢の名前が表示されている。賢がわたしに電話をかけてくるなんて珍しい。

「もしもし、賢?　どうしたの」

「よう。雅人はまだ病院にいるんだってよ。オレ今から行くけど、美輝も行くだろ?」

ちょうど雅人に電話して、今の状況を聞こうと思っていたところだ。賢も同じことをしていたとは。それに、わたしの行動を予想していたのにも驚く。

「うん、行く」

「じゃ、駅で待ってる」

そう言って賢は電話を切った。用件だけの短い電話は、賢らしい。

賢も一緒に病院に行くのかと思うと、心強い。とにかくすぐに用意をしなければ。

待ち合わせ時間を言っていなかったので、賢はもうすでに駅に向かっているかもしれない。

急いで部屋に戻り着替えてから、カバンを掴んで外に出る。玄関の外は、昨日とかわらない夏の空が広がっていた。その下を、バスに乗るために全力で走った。


「賢！」

駅に着くと、賢がいつものようにベンチに座って待っていた。わたしが声をかけるとのそりと立ち上がり、「よ」と短く挨拶を口にする。額に汗が浮かんでいて、手にしていたペットボトルの水は半分以上減っていた。

「ずっと待ってたの？」

「いや、さっき来たところ」

「そっか。ならよかった」

てっきりずっとここにいたのかと思った。そんなわけないか。

じゃあ行くか、と歩きだした賢のあとについていくと、違和感を覚える。なんでだろうと考えて、わたしと賢のあいだに、雅人の存在がないからだ、と気づいた。

わたしたちのそばには、いつも雅人がいた。

中学では一緒に登校していなかったし、高校ではまだ雅人が学校を休んだことがないので、賢とふたりになったことがない。

最近は学校の最寄り駅からはふたりだったけれど……いつもなにを話していただろう。意識するとどんどん言葉を紡げなくなる。もちろん、病院に向かうことで緊張しているのもあるだろう。

でも、居心地の悪さはなかった。それどころか安心感がある。

やっぱり、賢はわたしにとって不思議な存在だ。

時間は学校に行くときと同じくらいだったのに、学生がいないことで電車はかなり空いていた。

「雅人から美輝に連絡あったのか？」

横に並んだ賢がわたしに訊く。

「ううん、まだ、ない。賢は？」

「オレにもなかったから今朝かけた。まあ病院だしな」

どうやら雅人は一晩中病院で過ごしたようだ。

昨日からなにも状況はかわっていないのだろうか。まだ手術をしている、なんてこともあるのかもしれない。よくわからないけれど。

病院が近づくにつれて不安が大きくなっていく。

町田さんはどうなったのか。それによって、雅人は今、どんな状況なのか。苦しんではいないだろうか。泣いていないだろうか。少しでも体を、心を休めてくれていたらいいのだけれど。

途中の駅で一度乗り換えをして、それから十分ほどしてから電車を降りた。ここからは徒歩で病院に向かうらしい。賢に言われて、そうなんだ、と返事をしたけれど、よく考えれば昨日も病院から駅まで歩いたはずだ。動転していたせいで、すっかり忘れていた。なにも考えず賢のあとをついていったのだろう。

「道、覚えてるの？」

スマホで地図を確認することなく歩く賢に訊くと「覚えてるだけ」と言われた。

「昨日は？　よくすぐに駅に行けたね」

「調べたからな。っていうかこの大通りまっすぐ行くだけだし」

いつの間に調べていたのか。

賢がいなければ、わたしはその場その場で行き方や時間を調べてあたふたしてしまっていたはずだ。

前から賢はあまり驚いたり焦ったりするタイプじゃなかったけど、こんなにも落ち着いていて頼りになるひとだったなんて。昨日も状況判断や決断力がすごかった。自分のことでいっぱいいっぱいになってしまうわたしとは大違いだ。

眩しい太陽に目を細め汗を拭いながら「……賢は、すごいな」と呟くと、賢が首を傾げながら振り返る。

「なに、急に」

「決断力もあるし手際もいいし。ひとのことをよく見てるからそういうことができるの？」

「別に見てねえよ。見たいやつしか見てねえし。美輝と一緒」

それってどういう意味だろう。わかるようでわからなくて、「ん？」と聞き直すと、賢は「着いたぞ」と病院を指さした。

駐車場には昨晩と違い、たくさんの車が並んでいる。冷房が効いていて涼しい屋内には、たくさんのひとがソファに座っていた。

みんなここに用事があるんだと思うと、なんだか変な気分だ。

わたしが病院に行くことは滅多にない。

けれど、今この場所にこれだけのひとがなんらかの用事があって来ている。もしかすると、ここで、今この瞬間、三年前のわたしのように突然世界が反転するような状況に陥っているひともいるのかもしれない。

そんなことを考えると、胸がぐっと締めつけられて痛んでくる。

「ちょっと受付で場所確認してくる」

賢はわたしを置いて受付に向かった。そこで女のひとになにかを訊ねて、お礼を言って戻ってくる。こっちだって、と賢が先を歩きだしたのでついていった。

賢はなにも言わなかったけれど、もしかしたら昨日とは違う場所に行くかもしれない。一般病棟に移動していることも考えられる。

けれど、その考えは甘く、わたしたちが向かう先は昨日と同じ病棟だった。

もしも。もしも町田さんがいなくなってしまったら。

そんなことを考えるなんて不謹慎だ。けれど、払拭できない。

もしも。

――そのとき、わたしはどうしたらいいんだろう。

エレベーターの中でどうにか心を落ち着かせようと、鼻から息を吸いこみ、ゆっくりと口から吐きだす。そして、目的の階で止まり開いた扉から出ると、パーティションの裏に行く。

そこでは、昨日と同じように雅人と町田さんのおばさんが座っていた。ふたりの表情には疲労が滲んでいて、一睡もしていないのだとわかる。おじさんは席を外しているのか、姿はなかった。昨日壁際にいた男子もいない。

そして、町田さんの姿もない。

昨日わたしが見たものはやっぱり幻覚なんだとほっとする。そりゃそうだ。あんなことが実際に起こるわけがないのだから。

わたしと賢の姿に気づいた雅人が「来てくれたのか」と力なく笑った。

「……え、と、町田さん、は？」

「うん、夜中に終わった。きみちゃんは、今はまだ、眠ってるんだけど」

そう言って、昨日も目の前にあったスモークガラスの扉を指した。その先には手術室だけがあるのだと思っていたけれど、集中治療室もあるらしい。町田さんは今、そこで眠っているようだ。本来は家族しか入れないのだけれど、町田さんのご両親が雅人も特別に入れてもらえるように看護師さんに掛け合ってくれて、少しだけ顔を見ることができたと雅人が言った。

「そっか、よかった」

素直にそう思った。胸に手を当てて息を吐き出すと、同時に肩の力も抜ける。

「今日も来てくれてありがとう。今はまだ会えないんだけど、そのうち……」

おばさんが昨日よりも少し明るい声でわたしたちに呼びかける。そのうち、の言葉のあとをはっきりと口にしないところに、一抹《いちまつ》の不安を抱いた。

「二週間くらいは、まだ安心できないいんだけどね。でも、きっと貴美子は元気になるから、また会いに来てね」

「はい」

前向きな言葉を口にするおばさんを後押しするように、わたしと賢はこくりと頷く。

とりあえず、町田さんは無事ということだ。まだ安心はできないけれど、昨日の状況を考えればずっといい方向に進んでいるはず。だから、大丈夫だ。

今は、それを信じるしかない。

ここにいるひとみんなが、信じて待っている。

雅人も、疲れているけれど力強い目をしているので、大丈夫だろう。

よかった、と今度は心の中で呟くと、背後からドアが開かれる音がした。その瞬間、雅人とおばさんが体を震わせて視線をそちらに向ける。けれど、出てきた看護師さんはわたしたちを気にする様子もなくそのまま素通りしていった。

一瞬表情を凍りつかせたふたりが、ほっとするのがわかった。

無事に手術が終わったとはいえ、まだ気は休まらないだろう。

町田さんはいつ頃目覚めるだろう、となんとなしに振り返ると、さっき開いた扉が閉まる直前、町田さんが姿を現した。

制服姿で、まわりの様子を窺《うかが》うようにきょろきょろしながら立っている。

反射的に賢を見ると、賢は「どうした」と扉のほうに視線を向ける。けれど、なにも見えなかったのか、不思議そうな顔をされてしまった。

すぐそこに町田さんがいるのに、誰も反応しない。賢はもちろん、雅人も町田さんのおばさんも、町田さんにまったく気づいていない。

——やっぱり、町田さんの姿が見えているのはわたしだけなんだ。

なんで？　どういうこと？

町田さんから目をそらし茫然《ぼうぜん》としていると、賢が「そろそろオレらは帰るか」とわたしの背中に触れた。

「え？」

「オレらがここにいても仕方ないだろ。中には家族しか入れないっていうし。雅人はおばさんが一度家に帰るあいだそばにいるって言ってるし」

「あ、うん……そうだね」

町田さんのいるほうを一瞥し、しどろもどろに答える。

「美輝」

「え、うん、どうしたの？」

雅人に呼びかけられて顔を上げると、彼は、彼はにこりと笑った。

「俺は大丈夫だから」

昨日よりもマシだとはいえ、なにが大丈夫なのか、と言いたいくらい、弱々しい微笑みだった。わたしのいないところで泣いたのか、それとも寝不足からなのか、目が真っ赤に染まっている。

幼い頃、近所のいじめっ子に突き飛ばされて怪我をしたときの雅人を思い出した。大丈夫？　と訊くと、雅人は大丈夫じゃない、と言って大粒の涙を流していた。

いつから雅人は、あんなふうに素直に弱さを口にしなくなったんだろう。あの頃とは比べものにならないほど、大丈夫なんかじゃないくせに、今の雅人はそれを言わないし、涙だって流さない。

雅人には笑っていてほしい。けれど、我慢してほしいわけじゃない。

でも、今は雅人の嘘を受け止めて「うん」と答えた。

そこに、横から町田さんが現れて、雅人を抱きしめる。ふわりと揺れる彼女の髪の毛から、澄んだ夜の空気の匂いがした。愛《いと》しむように、やさしく、包みこむように、彼女の手が雅人の背中に回される。

「美輝？」

「……あ、うん、じゃあ、帰るね」

すぐそばに、町田さんがいる。

体温まで感じそうな距離の近さに、顔をそらして後ずさりする。「どうした」とわたしを訝しんでいる賢にうまく返事ができない。

わたしには、町田さんの存在を無視することはできない。

だからこそ、この場を離れなければ、と思う。わけがわからなすぎて無理だ。

雅人とおばさんに挨拶をしてエレベーターに向かいながら、恐る恐る振り返る。

町田さんは雅人に抱きついたままだった。けれど、ふと顔を上げて、そして――わたしに視線を向ける。

「――……っ!」

視線がぶつかり、体がびくりと反応する。

慌てて前を向いて、どっどっど、と鳴り響く心臓をおさえるように、服を握りしめる。涼しいはずなのに、体中にじわりを汗が浮かんでいく。

はやく、帰ろう。今すぐ家に帰ろう。

エレベーターに乗りこむと、すぐに〝閉〟ボタンを押した。一階に着くとまわりを見渡し、町田さんがいないことを確認して安堵した。

きっと雅人のそばにいるのだろう。それでも、さっさと帰るにこしたことはない。

「なにしてんの、美輝」

「今はちょっと……いろいろ問題があって」

そそくさと病院を出ていこうとするわたしに、賢が声をかけてくる。振り返るのが怖くて、前を向いたまま返事をした。駅について電車に乗れば、この不安はなくなるはずだ。そしてあとでゆっくり、この状況を整理すればいい。そう考えた。

けれど。

家の最寄り駅に着くと、怪訝な面持ちで賢がわたしの顔を覗きこんでくる。

「美輝、ほんとに大丈夫か？」

大丈夫だ、と元気に答えたいところなのだけれど、目が泳ぐ。

というのも、なぜかわたしのとなりには町田さんがいるからだ。

もちろん、賢には町田さんが見えていない。だからこそ、どうしたらいいのかわからない。ぴったりと寄り添うほどそばにいる町田さんを見ないようにしていると、どうしても体が強ばってしまう。

町田さんがついてきていることに気づいたのは、病院を出て駅までの道のりを歩いているときだった。もう大丈夫だろう、と背後を振り返ると、のんびり散歩しているかのような軽い足取りでわたしの数メートルうしろをついてきている町田さんがいたのだ。

彼女は、驚愕しているわたしを見て満面の笑みを向けてきた。ひらひらと友だちのように手も振られた。

「なんかずっと落ち着きないけど」

「あー……うん。ちょっと疲れたのかな？　ほっとしたのも、ある、かも」

ここに町田さんがいてパニックなんです、とは言えない。

なに言ってんだこいつ、とドン引きされるだろう。絶対信じてもらえない。わたしだって、信じられないと思っているのだから。

ちらりと眼球だけを動かして町田さんのほうに向けると、彼女はにこーっと微笑んでくる。

「だ、……大丈夫。なんでもない」

町田さんから目をそらして平静を装う。

「無理して笑わなくていいだろ、今は」

「……そんな、ことは」

否定を口にしようとしたけれど、賢の目を見ることはできなかった。いったいどんな顔をしていたのか、自分の頬に手を当ててみたけれどわからない。

「とりあえず、気をつけて帰れよ。なにかあったら連絡して」

「うん、わかった。ありがと」

賢はこれから部活に行くらしい。一旦家に帰るためにバスに乗りこむのを見送ってから、はあっとため息をつく。となりから、町田さんの視線を感じるのだけれど、どう対応すべきかわからず、ずっと無視している。このままいないものとして振る舞っていたら、町田さんは諦めてくれるだろうか。

生霊だか、魂だかなんだかわからないし、やっぱり幻覚じゃないかと考えてしまうけれど、こんなにもまざまざと見せつけられては信じるしかない。でも、それを受けいれるのは難しい。

いや、気にするな。気にしたらだめだ。

いない。ここに町田さんはいない！

自分に暗示をかけるように繰り返してから顔を上げる。

わたしは今ここにひとりなのだ。

ぐるっと方向転換し、町田さんに背を向けた。ひとりになった今のわたしは、存在不確かな町田さんのことではなく、これから今日をどう過ごすのかを考えなくてはいけない。

まだ時間はお昼だ。このまま家に帰ってもいいけれど、帰ったところですることはない。夏休みの宿題に手を出すのはまだ早い気がする。少しお腹が空いてきたので駅前のファストフード店か喫茶店に寄ろうかと思ったけれど、それはやめておこう。ひとりだけど、ほら、まあ気になることもあるし。

となると、家でなにか作るのが一番手っ取り早いだろう。なにがいいかな、と冷蔵庫の中身を思い出す。今朝の朝食で記憶にある食材はもうほとんどないだろう。じゃあ、スーパーに行って数日分の材料を買いこんでこようと決める。

問題は、一旦帰ってから買い物をするか、買い物をしてから家に帰るか、だ。

バスに乗ると、家を通り過ぎてスーパーに向かわなくてはいけない。かといって一度家の中に入ったあと、再びこの灼熱《しゃくねつ》の中に出ていく気にはなれそうにない。

「……歩いて帰ろうか」

炎天下の中歩くならバスに乗ってスーパーに行ったほうが絶対楽だ。けれど、頭をからっぽにして、暑い暑いと思いながら歩くのもいいかもしれない。そうすれば、町田さんのことを考えなくて済むはずだ。

町田さんも、そのうち疲れて病院に帰るかもしれない。幽霊もどきが疲労を感じるのかどうかはわからないけれど。

それがあまりに楽観的だったと思い知ったのは、マンションの前に着いてからだった。エコバッグに野菜やお肉をぎっしり詰めこんで肩にかけているわたしのとなりには、今も町田さんがにこにこした表情で立っている。

なんのよ、もう。

なんでわたしについてまわるのよ。

もうだめだ。我慢の限界だ。いったいいつまでそばにいるつもりなのか。

もしやこのまま四六時中わたしのそばにいるつもりなのでは。

「……あ、の、町田、さん?」

前を見つめたまま、町田さんに呼びかけた。

けれど、彼女からの反応はない。恐る恐る視線を横に向けると、相変わらずわたしのそばには彼女がいて、もともと大きな瞳をより大きくしてわたしを見つめていた。話しかけられたことに驚いているのだろうか。

勇気を振り絞り、得体の知れない彼女と目を合わせる。

「なーんだ、やっぱり見えてたんだ、よかったぁ」

町田さんはしばらくしてからほっとしたかのようにふんわりと微笑んだ。汗が噴き出すような暑さの中にいるとは思えないほどの、涼しげな笑顔だ。

話しかけたのはわたしなのに、会話ができるんだ、と思った。

それに、さっきまで町田さんを見ないように意識していたので気づかなかったけれど、こうしてちゃんと対面すると、やっぱり町田さん本人としか思えなかった。生きている、生身の町田さん、だ。

幽霊といえば、体が透けていると思いこんでいたけれど、そんなことはない。浮いたり壁を通り抜けたりできるような印象もあるが、そんな様子もなかった。

「あら、美輝ちゃんこんにちは」

「あ、こ、こんにちは」

マンションから顔見知りのおばさんが現れて、慌てて挨拶を返す。

町田さんのことが見えないであろうおばさんは、そのままわたしを通り過ぎようとする。そのとき、正面にいた町田さんとぶつかった。

けれど、よろけたのは町田さんだけで、おばさんはなにごともなかったかのように歩いていく。

それはとても、奇妙な光景だった。

視線を地面に落として、彼女の足元には影がないことに気づいた。彼女に重みを感じないのはそのせいかもしれない。浮いているわけじゃないのに、浮いているみたいに存在が軽い。

「……ねえ、町田さん、なに、してるの？」

びっくりしたあ、とおばさんのほうを見ている町田さんに声をかける。

「え？　私？　知ってると思うんだけど、事故に遭ってさ」

問いかけると、彼女はふふっと笑った。

「いや、笑いごとじゃないでしょ」

あまりに軽々しく事故のことを口にしたので驚愕する。雅人や両親が心配している姿を見ていたはずなのに、自分だって雅人を抱きしめて泣いていたくせに。

「でも本当のことでしょ」

「……じゃあ、なんでわたしについてくるの？」

「その前に家に入らない？　冷凍食品、溶けちゃうよ。それに、こんなところでひとりで喋ってたらあやしまれるんじゃない？　私、ほかのひとに見えてないみたいだし」

町田さんは、ね？　とかわいらしく首を傾げてわたしを上目遣いで見つめた。

彼女の言うことはもっともだ。マンションのエントランス前は日差しがきつくて肌がじりじりと焼かれる。汗すらも蒸発するのではないかと思うくらいの暑さだ。また誰かがやってきてひとりで喋っているわたしを目撃されないとも限らない。

けれど、このまま家に帰ったら、彼女は二度とわたしから離れないのではないだろうかと思えてしまう。

しばらく考えたけれど、暑さには勝てなかった。冷凍食品もあるし。

「……話、するあいだだけだからね」

「大丈夫、大丈夫」

軽い返事が気になるものの、とりあえず中に入る。

「雅人くんの家と、間取りが正反対なんだね」

部屋に足を踏み入れるなり、町田さんが言った。

マンションなのだから、間取りはどこも同じか、もしくは反対になっているものだ。なのにわざわざ言うのって、〝雅人の家に行ったことある〟アピールなのでは。そんなふうに思えてしまい、もやっとした気持ちを抱く。それが顔に出ていたのか、町田さんはわたしを見てから、間を置いて口の端を持ち上げた。

わざとだ。町田さんはわたしがどう思うかを予測して、あえて、口にしたのだろう。羞恥を感じて唇を噛み、彼女を無視してキッチンに向かう。

やっぱりわたしは、彼女のことを好きにはなれない。

町田さんと面と向かって話をするのは、これで二度目だ。それまでは町田さんに対して、雅人の彼女だから、という理由だけで苦手に思っていた。

でも、今は違う。

町田さんは雅人がいるときといないときで態度がまったく違う子だ。もしも町田さんと同じクラスだったら、わたしは彼女が雅人と付き合っていなくても避けていたんじゃないかと思う。今日は昨日のようないやみな発言に馴れ馴れしさまで加わって苛立ちが二倍だ。

「ねえ、私ってなんなんだと思う?」

「……知らないよ、そんなこと」

わたしのほうが教えてもらいたい。

スーパーで買ってきた食材を冷蔵庫に入れながら、そっけない返事をした。

ひととおり片付けてから、クーラーの電源を入れて再びキッチンに戻る。お茶を取り出してわたしと町田さんの分のグラスを並べた。と、そこで気づく。町田さんはお茶を飲めるのだろうか。

「ねえ、町田さん。お茶、いる?」

体はないけど飲めるの? とはさすがに聞けなくて、遠回しに問いかける。リビングをうろうろしていた彼女はそれに対して、なんでもないことのように「私、今なにも飲めないみたいだから大丈夫」とあっけらかんと答えた。そしてソファに背後から倒れこむ。が、ソファが軋《きし》む音は聞こえない。

「お腹も空かないし、喉も渇かないの。昨日からいろいろ試してみた感じだと、触れることはできるけど、動かすことはできないっぽい。空気みたいな感じなのかな」

「ふうん」

案外幽霊は不便なようだ。町田さんは死んだわけじゃないので、幽霊と言っていいのかわからないし、ほかの幽霊も同じなのかも不明だが。

空気か。なるほど。だから彼女から重みを感じないのかもしれない。なんとなく手で空気を掴んでみた。でも、掴めない。

「話しかけても誰にも聞こえないし、目も合わせてくれないんだよね。目の前には眠ってる自分がいるし。びっくりしちゃった」

「……そんなふうには見えないけど」

つい本音をこぼしてしまう。

すると彼女は「ふふっ」となぜか笑った。その顔に、ほんの少し翳《かげ》りが見えて、雅人のそばで泣いていた町田さんの姿を思い出す。

一見飄々《ひょうひょう》としているけれど、そう振る舞っているだけなのかな。

よく考えてみれば、彼女がわたしに本音で接するわけがない。

自分が眠っている姿を客観的に見たらどんな気分になるんだろうか。わたしには想像もできない。

町田さんは、あの場所を離れたいと思ったのかもしれない。だから、見えていたわたしについてきたのかな。

彼女に対してほんの少しの同情心が浮かぶ。

こういうとき、賢だったらわたしみたいに些細なことにイライラせず、相手の気持ちを慮《おもんぱか》った振る舞いができるような気がした。

「なんで冴橋さんだけ私が見えるんだろ。もしかして霊感あるひと？」

ソファからぴょんと跳び上がった町田さんは、わたしに近づいてきてカウンターで頬杖をついた。

……同情はするけれど、やっぱりこの明るさは理解できない。空元気だと思えないこともないが。

「わたしに霊感はないよ。今日まで心霊現象とか信じてなかったし」

「あ、私も。幽霊とかマジでいるんだね」

空元気、なのかなあ……。他人事のようだけれど。

まあどっちでもいいや。

「気がついたら病院でさ。突然車が目の前にやってきたところまでは記憶があるから、事故に遭ったんだろうなあって理解はしてるんだけど、それでも結構パニックだよ」

ふうん、と言いながらお茶で喉を潤す。

「でもなんか、いまいち実感ないんだよねえ。だって私元気じゃん。ま、本体はボロボロらしいけど。先生とか親とかの話を盗み聞きしたんだけどやばかったんだって」

ふはは、となぜか町田さんが笑う。

「外傷性くも膜下出血、ってやつなんだって」

聞き覚えのある名前に、一瞬グラスを持つ手が止まった。

「……なに、急に固まって」

「あ、いや、別に」

眉根を寄せる町田さんから目をそらして記憶を遡《さかのぼ》った。

くも膜下出血、って、お父さんが亡くなったときと同じ病名だ。

「手術は終わったみたいだけど……本当に大丈夫なの？」

外傷性ということは、お父さんとまったく一緒ではない。でも、脳の怪我は命が助かったあとでも大変だと、いろいろ調べて知った。

「まあ、気持ちよさそうに眠ってるから、大丈夫なんじゃない？」

あまりの軽さに心配になる。医師と両親の話を聞いたという本人が心配していないのは、たぶんいいことなのだとは思う。でも、わたしが町田さんの立場なら、町田さんほど明るく話せないだろう。

「こんなことあるんだねー」

町田さんのように人前では笑っていたとしても、ここまではできそうにない。

「私はこんなに元気なのにみんな泣いてるんだもん、逆に私が心配になるよね」

「そりゃ心配して泣くでしょ」

「えー？　私こんなに元気なのに？」

わたし以外に見えない存在でなにが〝元気〟なのか。実際は手術して病室で眠っているというのに。

「でも手術終わって無事だったんだからもうよくない？」

呆れた調子で喋る町田さんに、不快感が募る。心配しているひとたちをばかにしているみたいに聞こえてきて、すごくいやだ。

「いつまでもお通夜みたいな顔されてると、ほんとに死んだみたいじゃん」

手術が終わったって、まだ目覚めていないのなら手放しで喜べるはずがない。おばさんはしばらくは安心できないとも言っていた。

さっきまでは明るく振る舞える彼女のことをすごいな、と思った。

でも、今は、なんて無神経なひとなんだろうと思う。強がっているのだとしても。

「心配してくれてるのに、なんでそんな言い方するの」

声のトーンを落とし、怒りを込めて口に出した。

「町田さんだって、心配させたのをわかってたから、雅人に謝ってたんじゃないの？」

「……あのときと今は状況が違うでしょ」

「おばさんもおじさんも泣いて、雅人だって泣いてたんだよ」

さすがに町田さんもわたしが怒っていることに気づいたらしく、笑顔のまましばらく固まる。そして、ゆっくりと笑みを消していった。

「雅人くんが私のために泣いてるのが悔しいの？」

「――っなんで、そうなるの」

「図星でしょ。冴橋さん独占欲強いもんね」

ふふっと勝ち誇ったように、町田さんが目を細める。

「冴橋さんって、私のこと嫌いでしょ？」

「――うん」

彼女から目をそらすことなく、はっきり答える。

そうだよ。町田さんの言うとおりだ。わたしは町田さんが、嫌いだ。

町田さんはわたしの返事に特別驚いた様子は見せなかった。彼女がなにをどう思っているのか、表情からはまったく読み取ることができない。

「私も、冴橋さんのこと嫌い」

「だろうね」

わたしと町田さんは相容れることのない関係だ。仲良くすることは不可能だろう。話せば話すほど、無理だと感じる。彼女も同じ気持ちのはずだ。

だから、町田さんはすぐに家を出ていくに違いない。わたしなんかのそばに居続けたってなんのメリットもない。お互いにいやな気持ちになるだけだ。

……と、思ったのに。

「ねえ、冴橋さんー。暇なんだけど」

ソファに寝っ転がっている町田さんがわたしを呼ぶ。しばらく無視していると、「ねえ」「ちょっと」「冴橋さんってば」と何度も声をかけられた。

「なんなの、もう」

「テレビのチャンネルかえてくれない？」

そう言って、おねだりするように首をちょっと傾げてわたしを上目遣いに見つめる。

自分でやればいいじゃない、と言いたいところだけれど、空気みたいな存在の彼女に、そんなことはできない。

今、わたしケーキを作っていて忙しいんだけど。雅人を元気づけるために、雅人の好物を作ってるんだけど。

という言葉を呑みこんで、無言で手を洗いリモコンを手に取った。

「はい、これでいい？」

「ありがとー」

……どうしてわたしが町田さんの面倒を見なくちゃいけないのだろう。

キッチンに戻ってため息をつく。

あのままどこかに行くだろうと思っていた町田さんは、まだ家にいる。かれこれ三時間にはなるだろう。

嫌いだ、と宣言した相手の家でこんなにも図々しく振る舞えるのすごすぎないか。

わたしもなんで町田さんを放っておけないのか。ムカつくので文句は返しているけれど、結局、町田さんの言いなりになってしまっている。自分でなにもできない相手だと、なかなか強気な対応ができない。

ああもう、むしゃくしゃする。

それが、町田さんへの苛立ちか自分への苛立ちかもよくわからない。

そんな感情を発散するかのように、一心不乱にクリームチーズと生クリーム、その他諸々を混ぜる。

そばに置いてあったスマホが着信を知らせてきたので手にすると、画面には賢の名前が表示されていた。一日に二度も電話をかけてくるなんて珍しい。時間は午後四時前。まだこの時間は部活のはずだ。

「はいー」

「よ。家にいんのか」

そうだよ、と返事をしながら町田さんに声が聞こえないよう、自分の部屋に向かう。

「どうしたの」

「明日も病院に行くつもりか聞いてなかったから」

「……ああ、まだ、考えてない」

ドアを開ける手前で、足を止めた。

町田さんの様子を見ていると、大丈夫なんじゃないかと思う。

雅人のそばにいたい気持ちはある。でも、わたしがいたところでなにもできないし、町田さんのおばさんとおじさんにも、気を遣わせてしまうかもしれない。

「明日、考えることにする。雅人が病院に行くかもわかんないしさ」

部屋の中に足を踏み入れて答える。

「まあそうだな。わかった。もしなんかあったら連絡しろよ」

「ありがと」

そう返事をすると、背後で誰かが賢を呼ぶ声がした。部活の休憩時間の合間を縫って電話をしてくれたようだ。電話の向こうで賢が、はい、と誰かに返事をしてから「じゃあな」とわたしに別れを言って電話を切った。

賢は、雅人だけじゃなくて、わたしの心配もしてくれている。

そのことに、胸があたたかくなり気分が落ち着く。

「ねえ」

「……っわ！　びっくりした！　な、なによ」

背後に、それこそ背後霊みたいに町田さんが立っていて心臓が飛び出るかと思った。近づいてくる気配に気づかなかったのは町田さんが不確かな存在だからか、わたしがただぼんやりしていたからなのか。

「今の電話、誰？」

「だ、誰って、関係ないじゃない」

なんでそんなことを気にするのだろう。

「あ、ちょっと！」

町田さんは、ふーん、と言いながらわたしの横をするりと抜けて、開けっぱなしになっていたドアから部屋の中に入っていく。それを慌てて引き留めようと町田さんの腕を掴んだ――けれど、触れた感覚がないうえに、にゅるんと滑るようにわたしの手から離れていく。それは、空気を掴もうとしたのになにも掴めないのと同じだった。

町田さんは、本当に今、ひとではない状態なんだ。

わかっていたけれど、この状況に衝撃を受ける。

そのあとで、気まずさに襲われる。

「ね、空気みたいでしょ?」

言葉に詰まってしまったわたしを、彼女は笑い飛ばした。さっきまでは彼女のその口調に苛立ちを感じていたのに、今はありがたく思う。つくづくわたしは自分勝手だな、と思った。

「ここが冴橋さんの部屋なんだ」

突っ立っているわたしを置いて、町田さんが部屋の中を見回した。

「冴橋さんって、本当に星が好きなんだね」

突然なに。

首を傾げると、彼女は棚の上にあったアクセサリー入れを指さして「星、好きなんでしょ」と訊いてくる。アクセサリー入れにあるのは、雅人にもらったヘアピンや、ゴムや、ネックレスとかイヤリングだ。それはすべて星がモチーフになっている。

「鍵にもついてたよね、星」

「ああ、うん」

それも含めて、全部、この三年間で雅人からもらったものだ。

でなければ、この家に星のアイテムがあるわけがない。

「雅人くんが言ってたんだよね、『美輝は星が好きなんだ』って。今年のプレゼントもなににしようか悩んでたよ」

町田さんと今年のプレゼントを探していたことに引っかかりを覚えたものの、雅人が彼女にまでそんなふうに説明していたことに思わず苦笑してしまった。

「雅人のくれるものなら、星でも月でも、太陽でもなんでもいいんだけど」

「星が好きなわけじゃないってこと？　……でも」

「そんなことより、町田さんいつまでここにいるの？」

町田さんの話を遮り、話題をかえる。雅人が町田さんにどこまで話をしているかはわからないけれど、これ以上この話はしたくない。

町田さんは「なによ急に」と不機嫌そうに眉を寄せる。

「いつまでもここで遊んでるわけにはいかないじゃん。はやく体に戻らないといけないんじゃないの？　わかんないけど」

「邪魔ってこと？」

「そうじゃなくて」

そう思っていないとも言い切れないけれど、それだけではない。雅人や両親が心配していることを笑うのなら、はやく目を覚ませばいいと思う。そうすれば、みんな笑顔になる。

「戻れるなら戻ってるよ、私だって」

「方法がわからないってこと?」

目が覚めたらすでにこの状態だったと言っていたっけ。たしかに戻り方は不明だ。自分の体に覆い被さったら合体できるのかも。いや、そのくらいは町田さんもやってみたか。

顎に手を当てて考えていると、町田さんが窓に近づいた。

「雅人くん、怒ってるかなあ……」

雅人がいったいなにに対して怒るのか。雅人が事故に遭ったことを責めるような男だと思っているのなら、町田さんは雅人のことをなにもわかっていないと思う。いや、雅人でなくても怒るようなことではない。

「……起きたくないなあ……」

「え?」

思いもよらない言葉が聞こえてきて、まぬけな声を発してしまった。

「なに言って……」

「あ!　そういえばさ、冴橋さんはあのサッカー部の津田くん、だっけ?　彼とはどんな関係なの？」

話が突然かわって、頭が追いつかない。なんで急に賢の話が出てくるの。

町田さんは目をキラキラさせてわたしを見る。まるで恋バナを興味津々に聞いてくる友だちみたいだ。

「ただの友だちだよ」

はあっと声に出して息を吐き出した。

「津田くんは雅人くんと違った意味でかっこいいよね。顔がっていうか、雰囲気が。ちょっと冷たい感じもあるけど。彼と付き合いたいとか思わないの？」

「なんでそんなこと気にするの。どうでもいいじゃん」

「かっこいいとは思うでしょ？」

なぜ食い下がってくるのか。

「かっこいいのと付き合いたいのは別の話でしょ」

「かっこよかったらみんなそう思うんじゃないの？　芸能人見たら付き合いたいーとか思わない？」

もちろんわたしだってイケメンは好きだ。芸能人に対して付き合いたいと思うこともないとは言えない。でも本気じゃないし、雅人や賢には冗談でも思ったことがない。

「私、雅人くんと付き合わなかったら、津田くんと付き合ってたかもね」

「……なに、言ってるの……」

信じられない発言に、目を見張った。

なんでそんなことを言えるの。

「雅人くんと別れたら、津田くんと付き合おうかなー」

「やめてよ！」

耳を塞ぎたくて声を荒らげる。

わたしが怒ると思っていなかったのか、町田さんは目をパチパチと数回瞬きをしてわたしを凝視していた。

「冗談か本気か知らないけど、そういうのやめて」

そう言い捨てて、彼女に背を向けた。もうなにも話したくない。

なんであんなことを口にできるのか。本当に雅人のことはかっこいいからという理由だけで付き合っていたんじゃないかと、ますます疑いが深まる。しかも、その次は賢だなんて、勝手すぎる。

誰でもいいなら、雅人にも賢にも関わらないでほしい。

キッチンに行って、作業に戻った。雅人の好きなチーズケーキを作らなくては。それを食べて少しでも疲れを癒やしてもらいたい、と思ってはじめたのに、町田さんのせいで苛立ちが込められたひどい仕上がりになりそうだ。なにをするにもつい、大きな音を立ててしまう。

モノに当たるな、わたし。

雅人のことを思い出して、心を落ち着かせよう。

そんなわたしの努力も空しく、

「冴橋さんって料理するんだね」

町田さんが話しかけてくる。口調がさっきよりも柔らかいのは、わたしが怒っているると思っているからだろう。機嫌を取ろうとしているのか、とひねくれたことを考えてしまう。

「少しだけね」

「すごいね」

「簡単なものしかできないから、すごくないよ」

混ぜた生地を、クッキーを砕いてタルトがわりに敷き詰めた型に流していく。それをすでにあたためていたオーブンに入れてスイッチを押した。

ひとまずケーキが終わったので、あとは晩ご飯の準備をしなければいけない。スーパーに行くまでは火にかけるだけでできるスペアリブを作ろうかと思っていたけれど、暑すぎて夏野菜の揚げ浸しに変更した。

「雅人くんが、いつも〝美輝はすごいんだ〟って言ってた。料理もできるし、自分でなんでもするんだって」

茄子《なす》を切っているとなりに来た町田さんが、わたしの手元を覗きこむ。

「すごくはないと……思うけど」

わたしも昔はこんなふうに自分が包丁を握るなんて想像もしていなかった。はじめの頃は簡単なものしか作れなかったし、おいしいものもなかなかできなかった。ひとりでガスを使うことも怖かった。

でも、毎日少しずつでもやっていればそれなりに上達する。それだけのことだ。

「私はなにもできないんだよね。憧れるなー、羨ましい」

町田さんからの〝憧れる〟は、ちっとも心がこもっていなかった。すごい、とは思ってくれているのだろうけれど。もしかしたらいやみだったのかな、と考えるのはさすがに卑屈すぎるだろうか。

だって、わたしのほうが町田さんを羨《うらや》んでいるんだから。

料理ができなくっても、町田さんは雅人の彼女で、雅人の特別だ。どれだけ雅人にすごいと言われていても、それ以上の意味はない。料理ができる女の子にはみんな同じだけすごいと思うのが雅人だ。

「雅人くんはさ、やさしいよね」

また話題がかわり、わたしは「うん」と即答した。

「うまく言えないけど、ほんっとやさしいなあって。ほら私かわいいじゃない？　それでいろんなひとと付き合ってきたんだけどさ」

知ってる、という言葉は呑みこんだ。なんとなく、わたしが想像するよりも付き合った人数が多そうだ。本当にモテるんだなあ。

「雅人くんみたいにやさしいひとは、いなかった」

雅人を懐かしむような口調に、引っかかりを感じて彼女を見る。遠くを見つめる彼女は、まるでもう、雅人に出会えないみたいなさびしさを漂わせていた。

「……町田さんは、なんで、雅人に告白したの？」

ずっと気になっていたことを思い切って訊いてみる。

「かっこよかったから」

即答されたので、やっぱり、と呆れる。だけど、彼女の表情には翳りがあった。

「ねえ、冴橋さん」

「なに？」

壁から体を起こした町田さんが腕を組む。

「自分でドア開けられないから、開けてくれない？」

「え、帰るの？」

「冴橋さんが言ったんでしょ。私だっていつまでもここにいるつもりなんかなかったんだから」

なにそれ。

いやいいけど。

さっきまで全然違う話をしていたのに、なにがあったんだろう。そして、なぜ町田さんは偉そうにふんぞり返っているのか。

「はいはい」

でも帰ってくれるならありがたい。作業を止めて玄関に向かい、鍵を開けてドアを押し開ける。ドアを押さえて振り返ると、町田さんはわたしを一瞥してから、通り過ぎていく。そのまま振り返ることもなく、廊下を歩いて去っていった。別れの挨拶もお礼も、なにも言わずに。

まあ今さらそんなの、いらないけどさ。

町田さんが階段を下りていくのを確認してから、ドアをバタンと閉めて鍵をかける。ひとりきりになった家の中では、テレビの明るい笑い声が響いている。

スマホにはまだ、雅人からの連絡はない。料理を作りながらチラチラと確認するけれど、静かなままそこにある。

今、雅人はなにをしているのだろう。なにを思っているのだろう。

ずっと一緒に育った雅人のことはなんでも知っている、と思っていたけれど、でも、今この空の下にいる雅人のことはなにひとつわからない。

「泣いてないといいけど、泣いてるなら、呼んでほしいなあ」

無意識に呟いた言葉は、なんの混じりけもない、わたしの素直な気持ちだった。

幼い頃の雅人は、本当によく泣いていた。そんな雅人を慰め守るのがわたしの役目だった。

その中で最も覚えているのが、犬のことだ。お父さんが拾ってきた小さな子犬を、わたしと雅人は夢中になってかわいがった。けれど、もともと体が弱かったらしく、子犬は数ヶ月後に突然死んでしまったのだ。

わたしはたしか、結構なあいだ泣き続けていたように思う。そんなわたしを見て、雅人はわたし以上に泣いた。『泣かないで美輝ちゃん。泣かないで』と繰り返しながら。涙をボロボロこぼして、それを何度も服で拭ったせいで雅人の目元と頬は真っ赤になっていた。鼻水も出ていた気がする。

あのときの雅人は、子犬のことよりもわたしを心配して泣いていた。

だから、わたしは泣くのをやめた。ひとのために泣いてしまうやさしい雅人にそんな顔をさせてはだめだと思った。

懐かしい思い出に、思わず笑みを浮かべる。

お父さんが亡くなったときも、雅人はお葬式で泣いていた。あのときは深く考えて

お手数ですが
切手をおはり
ください。

郵便はがき

104-0031

東京都中央区京橋1-3-1
八重洲口大栄ビル7階

スターツ出版(株)　書籍編集部
「星空は100年後」
愛読者アンケート係

(フリガナ)
氏　　名

住　　所　〒

TEL　　携帯／PHS

E-Mailアドレス

年齢　　**性別**

職業
1. 学生(小・中・高・大学(院)・専門学校)　2. 会社員・公務員
3. 会社・団体役員　4.パート・アルバイト　5. 自営業
6. 自由業（　　　　）7. 主婦　8. 無職
9. その他（　　　　）

今後、小社から新刊等の各種ご案内やアンケートのお願いをお送りしてもよろしいですか？
1. はい　2. いいえ　3. すでに届いている

※お手数ですが裏面もご記入ください。

お客様の情報を統計調査データとして使用するために利用させていただきます。
また頂いた個人情報に弊社からのお知らせをお送りさせて頂く場合があります。
個人情報保護管理責任者：スターツ出版株式会社 出版マーケティンググループ 部長
連絡先：TEL 03-6202-0311

「星空は100年後」

愛読者カード

お買い上げいただき、ありがとうございました！
今後の編集の参考にさせていただきますので、
下記の設問にお答えいただければ幸いです。よろしくお願いいたします。

ご購入の理由は？　1. 内容に興味がある　2. タイトルにひかれた　3. カバー(装丁)が好き　4. 帯(表紙に巻いてある言葉)にひかれた　5. 本の巻末広告を見て　6. 小説サイト「ノベマ！」「野いちご」「Berry's Cafe」を見て　7. 知人からの口コミ　8. 雑誌・紹介記事をみて　9. 著者のファンだから　10. あらすじを見て　11. その他

本書を読んだ感想は？　1. とても満足　2. 満足　3. ふつう　4. 不満

1カ月に何冊くらい小説を本で買いますか？　1. 1〜2冊買う　2. 3冊以上買う　3. 不定期で時々買う　4. 昔はよく買っていたが今はめったに買わない　5. 今回はじめて買った

本を選ぶときに参考にするものは？　1. 友達からの口コミ　2. 書店で見て　3. ホームページ　4. 雑誌　5. テレビ　6. その他（　　　　　　　　　　　）

スマホ、ケータイは持ってますか？
1. スマホを持っている　2. ガラケーを持っている　3. 持っていない

学校で朝読書の時間はありますか？　1. ある　2. 今年からなくなった　3. 昔はあった　4. ない

ご意見・ご感想をお聞かせください。

文庫化希望の作品があったら教えて下さい。

生活の中で、興味関心のあること、悩みごとなどあれば、教えてください。

いただいたご意見を本の帯または新聞・雑誌・インターネット等の広告に使用させていただいてもよろしいですか？　1. よい　2. 匿名ならOK　3. 不可

ご協力、ありがとうございました！

いなかったけれど、あれもわたしのことを思って泣いていたのだろう。

料理の準備を終えて洗い物をしていると、再びスマホが鳴ってすぐに手にする。相手を確認せずに通話ボタンをタップすると、

「あ、美輝？」

と真知の声が聞こえてきて、雅人じゃなかった、と思いつつ、ほっとする。真知の明るい弾んだ声が、胸に染みてくる。

「うん、どうしたの？」

「えっとさ、大丈夫かなって」

真知にしては歯切れの悪い話し方で、なにが言いたいのかがわかった。きっと、町田さんのことだ。

「今日部活のときに、聞いちゃったんだけど。あの、嘘だったら怒っていいからね」

「……町田さんのことだよね」

言いにくそうにしている真知のかわりに名前を口にする。

どこまで説明したらいいのかはわからないけれど、もしも真知の聞いた噂に間違いがあるのならちゃんと伝えておいたほうがいいだろう。そう思って昨日事故に遭ったこと、病院に行ったこと、手術をしたが無事に終わって町田さんは眠っていることを説明した。もちろん、町田さんの幽霊らしきものが見えている話は黙っておく。

「そうだったんだ」

真知が戸惑った声で、短く言う。そのままお互いに黙ったまま数秒を過ごした。

「なんか、ピンとこないな……こんなこと、あるんだね」

真知の言っている意味がなんとなく理解できた。

「あたしには……大事な人が事故に遭うとか、死ぬ、とか、一度も経験ないから、想像もできないんだよね……」

「いなくなっても、実感なんかすぐに出ないよ」

そう返事をすると「そっか」とだけ返ってくる。

そういえば、お父さんが亡くなったことについて真知とは一度も話をしていなかったことを思い出した。

「そっか」

気まずそうな真知の二度目の返事に、真知を困らせてしまったのだとわかった。なので無理矢理明るい声で話を続ける。

「でもまあ、みんながいてくれたからわたしは大丈夫だったけどね」

これは本当のことだ。

かわってしまった生活の中で、真知や賢、雅人がかわらずにそばにいてくれたから、わたしはこの生活に慣れることができた。

なによりも雅人が、家族のように一緒に過ごした雅人が「そばにいる」と言ってくれたから、あの日から、わたしに涙はいらなくなった。涙なんか必要なかった。

――『オレがそばにいたら、無理矢理にでも泣かせたのに』

なぜか、賢の声が蘇って、胸がぎゅっと握りつぶされたみたいに痛んだ。

これまでその言葉を思い出すたびに、もしかしたらわたしは泣きたかったのかな、と考える。でも、泣かなくてよかった、とも思っている。泣いていたら、あのあとのお母さんとの生活がなかったかもしれないから。

「こういうのって、本当に、急なんだね」

「うん」

ひとが事故に遭う、倒れる、怪我をする――そして、死ぬ。それらはいつだって、突然で予測不可能なことがほとんどだ。

わたしも、家族が亡くなるなんてことが自分の身に降りかかるものだとは思っていなかった。毎日どこかで誰かが死んでいることを知っていたにもかかわらず。

死は身近にあるってわかっていても、わたしには関係のない、遠くにあるものだった。見えているのに、すごく遠くにある、窓の外で輝く星みたいなものだった。

それでもなお、町田さんの事故にはショックを受けている。

「でも、雅人くんは、本当に心配だね……まだ、わかんないんでしょ？」

「え？　うん、まあじきに目を覚ますって言ってたし今はそれを待つしかないよね」

真知はどこか、悔しそうに声を震わせている。

「町田さんのことは好きでも嫌いでもなかったけど、無事でいてほしいなと思うよ」

「うん」

「でもそれとこれとは別っていうか。雅人くんとは中学も同じで美輝との関係も見てるからやっぱり、ムカついちゃってさ」

途中から真知の話が理解できなくなってきて、電話を耳に当てながら首を傾げた。

「ほかの男の子とデート中だったなんて……」

真知の声が涙を滲ませていた。

いつもよりもかすれていて、震えていて、悔しそうだった。

昨日、病院にはわたしたちと町田さんの両親のほかに、ひとりの男子がいた。彼は、壁際にひっそりと佇んで虚ろな目をしていた。

別の学校の、少し汚れた制服。彼のズボンの裾には、血のようなあとが残っていた。

星空より青空

暑さに目を覚ますと、時間は午前十時を回っていた。

体中が汗でべたついていて、体がだるい。のそりと起き上がり、今日はこの汗が染みこんだタオルケットを洗濯しようと心に決める。窓から見える空は、雲ひとつない快晴だ。よく乾くだろう。

スマホにはお母さんからのメッセージが届いていた。

『冷蔵庫にサラダが入ってるからね』という文字と、赤いハートマークの絵文字。

今日こそはお母さんに朝ご飯を、と思っていたのに出勤する姿を見送ることすらできなかった。

――『ほかの男の子とデート中だったなんて……』

真知のあの台詞が、ずっと耳にこびりついて消えてくれない。頭の中で反芻《はんすう》していて頭痛がする。

言葉を失っているわたしの反応に、真知は知らなかったのだと気づいて何度も謝った。根も葉もない噂だったのかも、と焦った様子で言っていたけれど、おそらく真実だろう。でなければ、あの男の子があそこにいた理由が見当たらない。

どうたらテニス部の先輩が、終業式のあと、他校の男子と歩いている町田さんの姿を見かけていたらしい。あの日、町田さんが用事があると言っていたのは、あの他校の男子に会うためだったのか。そう考えると、昨日の夜、病院で手術を待っていた雅人に町田さんが跪いて「ごめん」を繰り返していたのも納得できる。

町田さんが事故に遭ったことは町田さんの近所のひとたちからかなり広まっているようだ。けれど他校の男子のことは、今のところ、どこまで知られているのかわからない。

できれば、この噂は広まらないでほしい。

雅人の耳にだけは入れたくない。

けれど、もうすでに雅人が知っている可能性もある。だとすれば、雅人はこの二日間、どんな気持ちで町田さんの安否を心配していたのだろう。

そんなことを考えていたら、夜から頭痛がひどくなり、よく眠ることができなかった。昼から真知が家にやってくる予定なので、鎮痛剤を一錠飲む。少し休憩してから部屋の掃除をしよう。

「連絡は、まだないか……」

「誰から?」

スマホを眺めながら独り言つと、誰かがそれを拾った。

「誰ってまさ――」

反射的に答えようとしたところで違和感に気づき振り返る。と、ソファの背もたれに肘《ひじ》をかけてわたしを見ている町田さんと目が合った。

「な、なんで」

「おはよう」

「な、なんでいるの……！」

「だって、ここ以外に行くところないし」

「そういうことじゃなくて……」

いつから家の中にいたのか。自分ではドアを開けられないのではなかったのか。

驚きすぎて心臓がバクバクしている。頭痛も眠気も一気に吹っ飛んでしまった。

「あ、今どうして家の中にって思ったでしょ？　ここに来たらちょうど冴橋さんのお母さんが出かけるところだったから、そのタイミングでお邪魔しちゃった」

それって不法侵入じゃん。

「もう暇で暇で死にそうでさー、ってこれは洒落にならないよね。でも本当暇なの。誰とも話せないし、なにもできないし、ぼーっとしているだけなんだもん」

昨日よりも町田さんは元気だ。

それだけ本体も回復してきている、ということなのかも。

「体に戻ることもできないしさ。容態は安定してるらしいからそのうち戻れると思うんだけど、でもやっぱり暇じゃん」

そこで選ばれたのがわたし、ということか。わたしだけが町田さんを見ることができるし、会話もできるから。それはわかる……けど。

「だから暇つぶしさせてよ」

「……かわりに、聞きたいことがあるんだけど、聞いてもいい？」

こめかみを押さえて思案してから町田さんに訊ねた。

「なに？」

「事故に遭ったとき、他校の男子とデートしてたの？」

これだけははっきりさせなければ。

両手を握りしめて町田さんに訊くと、彼女は驚いた顔をしてから、ぷっと噴き出しケラケラと笑いだした。

「もう広まってるの？　噂って怖いね」

「茶化さないで。どういうこと？　本当なの？」

「デートじゃないけど、ふたりで会ってたのは本当」

もう少しごまかしたり焦ったり言い訳したりするのかと思ったのに、町田さんはあっさりと噂を認めた。それどころか面白がっているようにも見える。

「二股ってこと？」

怒りを滲ませて質問をすると、町田さんは笑うのをやめてソファに座り直した。

「相手は元カレだから二股じゃないよ」

「なんなの元カレとデートって。信じらんない」

「元カレと会ってただけでデートとか浮気とか、冴橋さんって潔癖なの？　普通の男友だちとどう違うのよ」

やだなあと肩をすくめる町田さんの目の前に移動する。

「でも、町田さんそれを、雅人に隠してたんでしょ。やましいことがあるからでしょ」

「……私は、彼氏になんでも話さないだけ」

たしかに、そういうひともいるだろう。元カレと友だちになるひともいるし、ふたりで遊びに行くほど仲のいい男友だちのいる子もいる。

そう考えれば気にするわたしは潔癖なのかもしれない。でも、噂になるということは、多くのひとがわたしと同じように考えるってことなんじゃないの？

なにより、それを聞いてまわりではなく雅人がどう思うのかが、わたしにとって最も大事なことだ。

「それで？　冴橋さんは私を説教したいの？」

ふんっと鼻を鳴らして町田さんがそっぽを向いた。

本音を言えばなんでそんなことするの、と怒鳴りたいところだけれど、そんなことしたってスッキリするのはわたしだけだ。町田さんを言い負かしたって、今のこの不快感は拭えない。

「そんなことしないよ。ただ、事実確認がしたかった、だけ」

それでも、もやもやした気持ちが胸の中に蓄積される。すっきりしたいけれど方法がない。吐き出す場所も方法もない。こんなことなら確認なんかしないほうがよかったのかも。でも、本当か嘘かわからない状態もいやだしな。

深呼吸をしなければ。今は感情的になっちゃだめだ。

「冴橋さんって、なんでそんなにイライラしてるの」

誰のせいだ。

沈静化したはずの感情が再沸騰する。いい加減にしてほしい。

「雅人くんから冴橋さんはいつも笑ってるって聞いてたんだけど、全然違うね」

「町田さんが相手じゃなかったら、こんな顔してないんだけどね」

「雅人くんの前だけ笑顔って、猫かぶってるってこと？」

「町田さんと一緒にしないでよ。町田さんのほうが猫かぶってるじゃない」

そう言うと、なぜか町田さんは「ふふ」と楽しそうに笑いはじめた。

「こんなふうに誰かと言い合うの、初めてかも」

うれしそうにする要素が今の会話のどこにあったのだろう。

お互いにいやみを言い合っていたはずなのに。

……なんか、毒気が抜かれてしまった。

いったい、町田さんはどういう性格なのか、こうして話すようになってどんどんわからなくなる。終業式のときは性格の悪い女の子なのかと思ったけれど、ものすごく感情に正直なだけのひとかもしれない、と昨日は思った。でも、話があっちこっちに飛んで、怒ってたと思ったら笑って、笑ったと思ったらいやみを言って、かと思えばなぜか憂いのある顔になったりする。もともとそういう性格なのか、もしくは、事故のせいで情緒不安定なのか。とにかく、疲れる。

頭を抱えていると、町田さんは「ねえ、海外ドラマでも観せてよ」とテレビを指さして言い出した。

この状態でよくそんな図々《ずうずう》しいことを……。

もう抵抗するのもばからしい。

出ていくつもりは微塵もないのだろうと諦めて、町田さんの希望の海外ドラマを選んで流しはじめた。黙って観ていてくれるならそっちのほうがわたしは心中穏やかに過ごせるかもしれないし。

「ねえ、冴橋さんと一緒にいるときの、雅人くんってどんな感じ?」

「どんなって普通だけど。やさしくて、いつも笑顔で」

突然の話にも、普通に返答する。いちいち反応しないほうが楽だ。

「私の知っている雅人くんは、やさしくてよく笑ってて、そして、不器用なの」

そんなの、わたしだって知っている。いつも笑顔で、誰よりもやさしくて、だけどちょっと不器用なのだ。運動音痴のわたしを慰めるときに『美輝は運動なんかしなくていいんだよ』とよくわからないことを言われたことを思い出す。でも、そんな下手くそなフォローでも雅人に言われると、そのままでいいんだよ、と言われているように感じて、元気になる。

雅人はそういうひとだ。雅人のいいところなら、いくらでも言える。

「ねえ、冴橋さんなら、今の雅人くんを、笑顔にできる？」

思いがけない言葉に、後ろに座っていた町田さんを振り返る。町田さんは笑っているのにそこにはなんの感情も浮かんでいなくて、どういうつもりでそんな質問をしたのか、欠片《かけら》も感じ取ることができなかった。

「……できるよ」

なぜか、即座に返事ができなかった。

町田さんの雰囲気に呑まれたから、だろうか。

「そっか、すごいね、幼馴染みって」

素直に感激の声を上げる町田さんの目を見ることができない。

「雅人くんが苦しんでいたら、助けてあげてね」

ふいに彼女の声色がとても弱々しいものになった。

「なに、それ。どういう意味？」

「別に。今の私は雅人くんに話しかけられないから、それだけ」

その言葉を最後に、町田さんはなにも喋らなくなった。テレビからはドラマの音声が聞こえる。なのに、部屋の中はとても静かで、もう少し彼女の気持ちを知りたいと思っても、声をかけることができなかった。


午後一時を過ぎて、チャイムが鳴る。

「お邪魔しまーす」

玄関を開けると汗だくの真知が立っていた。暑い中自転車を走らせてきたのだろう。顔も熱で火照《ほて》っている。

「いらっしゃいー。クーラー効いてるよ。あ、冷たいお茶持ってくるね」

「うわー、助かるー」

自分の部屋に真知を招いてから、お茶を取りにキッチンに向かう。リビングでは、町田さんが本日三話目を眺めている。海外ドラマはリモコン操作をしなくても勝手に次の話を再生してくれるので楽だ。

あれから、町田さんとはほとんど喋っていない。さっき、友だちが来るんだけど、と声をかけると、「ドラマ観てるから気にしないで」と言ってまた黙ってしまった。

わたしの家なんだけど。いや、もういい。気にするだけ時間の無駄だ。おとなしくしいてくれるならそれでいい。

リビングに町田さんがいるので、今日はわたしの部屋で真知と過ごすことにした。ふたつのグラスに氷を入れてお茶の入ったポット、そして昨日作ったチーズケーキをトレイにのせて「じゃあ、部屋にいるから」と小声で町田さんに伝えると、ひらひらと無言で手を振ってくる。

「はい、お待たせ」

「あー！　生き返る！　ありがとー」

差し出したお茶を勢いよく飲み干した真知が、口元を拭いながら声を上げた。涼しい部屋で一休みして、汗も随分引いてきたようだ。空になったグラスにもう一度お茶を注ぐと、それもすぐに半分ほど飲んだ。そして、「やったー、美輝のチーズケーキだ！」とお皿をひょいっと手に取って頬張ってくれる。雅人が大好きなチーズケーキは、真知にも賢にも評判がいい。

むしゃくしゃしながら作ったけれど、いつもと味に違いがないようでよかった。

「津田くんは部活行ってるの？」

「うん、たぶん。今日は連絡してないけど」

「この炎天下の中大変だねー。あたしも昨日の部活倒れるかと思った」

真知はテンション高めにおしゃべりを続ける。もともと明るい性格だけれど、今日はいつも以上だ。そのおかげで、久々になにも考えずに笑うことができている。賢も部活中は、雅人のこともわたしのことも忘れていてくれたらいいな。賢はなんでもないフリをするのがうまいから。

ひとしきり楽しい話をしてから、真知は「でさ」と少しだけ声のトーンを落とした。

「美輝は大丈夫?」

「わたしは、まあ、うん」

正直いえば大丈夫とは言い難い。なんせ、町田さんが家にいて寛《くつろ》いでいる状況だ。

「町田さんの話、デートしてたってこと、もう広まってるみたい」

「もう?」

「昨日聖子からもあたしに連絡があったよ。さすがに美輝には聞けないって言ってたけど、雅人くんが関係してるから美輝のこと心配してたよ」

噂が広がるスピードはすさまじい。すでにほとんどの生徒が町田さんの事故と他校の男子とデートしていたことを知っている気がする。おそらく、賢の耳にも届いているに違いない。

ひとの口に戸は立てられない、とはよく言ったものだ。夏休みで学校があるわけじゃないのに、どうやって広まるんだろう。

「雅人くん、気にしてるでしょ」

「どう、なんだろう」

雅人はその話を知っているんだろうか。知らないならば知らないままのほうがいいけれど……たぶんもう、知っているだろうな。なんせ、すぐそばに町田さんの元カレがいたのだ。本人から、話を聞いた可能性もある。

でも、実際はどうなのかはわからない。

昨日も、雅人はただ、町田さんを心配していた。今はそんなことどうでもいいと思っているのかもしれない。

雅人はそういう性格だ。町田さんと付き合うことになったとき、町田さんのよくない噂を雅人に伝えてきた子がいた。そのときに雅人は『百人のクラスメイトと、ひとりの大事なひとだったら、どんな内容でもひとりの大事なひとを信じることにしてるんだよね』と明るく言っていた。目の前の女の子を攻撃することなく否定する姿は、雅人らしいなと思った。

あまりに自信満々だったので、『もしも裏切られたらどうするの?』とあとで軽く訊いたら『もしものことはそのときに考えるよ』とあっけらかんと言われた。

雅人は、自分の中に確固たるものを持っている。だから、自分にとって大事なものを見失わない。本人の口から聞いたこと以外を、安易に信じることもない。

そしてたとえ、すべてが嘘だったとしても、雅人は怒らないだろう。

こう考えると、雅人は本当に、まっすぐな性格だ。

泣いている姿はいくらでも思い出せるのに、怒った姿はほとんどない。たしか、お父さんが拾ってきた子犬が怪我をしていたときに、こんなことをするなんて許せない、と泣きながら怒っていたっけ。あとは、わたしがマンションのひとたちからお父さんが亡くなったことで噂されていたときも、珍しく冷たい声で反論していた気がする。

雅人は、自分のためには怒らない。

「なんかずっと、変な気分なんだよね。あたしは町田さんとはほとんど話したことのない関係なのにさ、そわそわして落ち着かない」

「うん」

「町田さんを心配する気持ちももちろんあるけどさ、それ以上に、雅人くんや美輝が、どうしてるんだろって。薄情かなあ……」

そんなことない、と首を横に振る。

わたしも、同じだ。

「ほんと、なにがあるか、わかんないんだね」

しみじみと真知が言って、わたしも「そうだよね」と答えた。

「大事なひとには、みんな元気でいてほしいよね」

いなくならないでほしい。そばにいてほしい。

ひとは、いつかいなくなるってことをわかっているからこそ。

「でも、まあ無事でほんと、よかった」

残ったケーキをひと口で食べてから、真知は満面の笑みでそう言った。

このまま事故とか死ぬとかの話をしていると、気分が沈んでしまいそうになる。真知も同じように感じたのか、無理矢理笑ったのがわかった。わたしも「ね」と明るい声で頷いてケーキを頬張る。

わたしたちの気分が重くても軽くて、窓の外はからりと晴れていて眩しい。世界にはわたしたちの今日なんて、些細なことなんだと言われているような気がした。

その後、わたしと真知は意識的に雅人と町田さんの名前を避けて、他愛ない話をした。部活にいやな先輩がいることだとか、テレビのこと、美味しかったお菓子のことなどだ。聖子に電話をかけて、今度真知の部活が休みの日に最近できたという大型ショッピングモールに行く約束もした。

「そういえば、津田くんの話聞いた？」

「賢の話？　なんだろ」

「新しくサッカー部のマネージャーが入ったんだってさ。同い年の、名前はなんだったかなあ……」

そういえば人手が足りていないと言っていた。検討すると話していたけれど町田さんのこともあり、すっかり忘れていた。

「その子、昨日、津田くんにすっごいアピールしてたんだよね」

思わず、グラスに伸ばした手が途中で止まってしまった。

そうなんだ、と口にしたつもりだったのに声にならない。自分がこんなに動揺していることになによりも驚いてしまう。

賢のことを好きな女の子は、今までもいたのに、なんでだろう。中学のときにもよく似た話を聞いて、わたしは「賢すごいね」「付き合うの？」と雅人とからかった。

なのに今は、そんな気持ちになれない。

「ま、賢くんは自分からこんな話しないか」

「あー、うん、そうだね」

真知の言うとおり、賢はわたしにはもちろん、雅人にもあまりそういう話はしない。いつも噂を聞いて賢に確かめて、という流れだった。自分から話さないだけで、訊けば賢は答えてくれる。

「……よく考えれば、賢にも彼女ができるかもしれないんだよねえ」

今まで、なぜかそのことを想像したことがなかった。

賢は目立つけれど、雅人のほうが人当たりがいいからか告白されることが多かった。

人見知りをするのか、賢は親しくなるまでは無愛想で無口で気難しそうな印象を相手に与える。わたしも、雅人に紹介されたときは怖いなと思った記憶がある。それに、しばらくのあいだ、賢とどう接すればいいのかわからなくて苦手だった。

でも、気がつけばなんでも言える関係になった。一度親しくなれば話しやすい性格なのだ。真知も、賢とは仲がいい。ほかにも話す女子はたくさんいるだろう。

——その中の誰かと、付き合ってもおかしくはない。

雅人だって彼女ができたのだから、賢だってそのうち彼女ができるはずだ。

雅人は、やさしい。でも賢だって雅人とは違うやさしさがある。

賢のとなりに並ぶ女の子は、どんな子なのだろう。

かわいい系だろうか。きれい系だろうか。かっこいい系もお似合いだろう。きっと賢は、彼女を大事にするだろうな、とも思う。そんなことを思い浮かべると同時にもやっとしたものが体内に発生する。

「嫉妬してるの？」

「つえ、あ、いや、そういう、わけじゃ」

黙りこくってしまった私を見て、真知がにやりと片頬を引き上げた。咄嗟に否定するけれど、うまく言葉にできなくて尻すぼみする。

「……雅人みたいに、かわっちゃうのは、いやかな」

ごまかしても仕方ないと素直な気持ちを口にしたけれど、なんとなく釈然としなかった。なにかが、違う気がする。でもその〝なにか〟がよくわからない。

雅人がもしも町田さんと別れたら、以前のようにわたしは雅人と一緒にいられることをうれしく思うだろう。でも、賢に対しては……そう思えない気がする。

雅人と賢の違い。

それは――。

「でも、実際微妙な関係よね、美輝と津田くん。仲いいけどふたりで遊んだことはないんでしょ」

「ああ、うん」

去年の夏、ただ一度だけ、ふたりで夜空を見つめて過ごしただけだ。

あのとき、わたしは言葉にできない、不思議な感情を賢に抱いた。切なくて苦しくて、でも、すごくあたたかい、これまで感じたことのないものが胸に広がったのを、覚えている。

「賢って、なんか不思議な感じ」

「そうなの？　津田くんが？」

「雅人は、そばにいるのが当たり前だったんだよね。だけど賢は、雅人と違って当たり前じゃないんだろうなって思う。だからそばにいてほしいと言うよりも、いたらいいのになあ、って思う感じかな」

真知は「ふうん」と首を捻る。どう違うのか考えているようだ。わたしも、どう違うのかうまく説明できない。

町田さんに嫉妬しているわたしは、雅人のことを家族ではなく、幼馴染みでもなく、恋愛対象として見ていたんじゃないかと考えたことは何度もあるし、最近はもしかして好きなのかなと思うことも多かった。

もしもそうだとしたら、わたしは賢にどういう感情を抱いているんだろう。

「美輝って、恋愛よりも家族を大事に思ってるよね。家族そのものっていうか、家族みたいな関係?」

「あーうん。それは、あると思う」

「逆に言えば、恋愛感情に対しては距離を取ってる感じ」

パチンと目の前が弾ける感覚に襲われた。

でも、わたしは自分でそのことに、ずっと前から気づいてもいた。

真知や聖子に対して〝家族〟や〝友だち〟という言葉にこだわっていないのに、雅人や賢に対してのみ、わたしは関係にこだわって自分も相手も、そこに当てはめるようにしているのだと思う。

お父さんの死で、関係性の脆《もろ》さを知った。だから、差し伸べられたその手をしっかりと握りしめていないと、不安になる。信じていないのに、信じられないのに、信じたい。

真知はテーブルに肘をのせて、わたしの顔を覗きこむ。

「ま、そのうちわかるよ、いろいろと。無理に考えなくていいんじゃない？」

「そうする」

「はは、素直。考えたくないだけじゃん」

ぶははと声を出して笑う真知に「バレた？」と言ってわたしも笑う。

もう少しだけ、曖昧なままでいたい。それがなによりも本当の今の気持ちだ。


真知が帰ったのは、夕方五時になる直前だった。来週にまた会う約束をして真知を見送ってから、リビングに戻る。

町田さんはまだドラマを観ているのだろうか。町田さんをほったらかしにしていた、と言うわけではないが、一度も様子を見に行っていなかった。怒っているか拗ねているかしているかもしれない、とそっとリビングに入ると、町田さんは窓際で座って空を眺めていた。

冷房を入れていなかったのでリビングは蒸し暑い。にもかかわらず彼女は汗ひとつかいていない涼しげな横顔をしていた。

それがとても儚《はかな》げで、今にも消えてしまうんじゃないかとかすかに不安を覚える。

「ま、町田さん?」

呼びかけると、彼女はゆっくりと振り返った。力の込められていないぼんやりとした視線がわたしを捉える。

「え、と、ごめん。暇だった、よね」

「なに謝ってるの。冴橋さんの家でしょ」

「まあ、そうなんだけど」

いつもどおりの口調だけれど、どことなく元気がないように思えた。後ろめたさからか、妙に緊張してしまい、目をそらして洗い物を片付けようと流しの前に移動する。

「冴橋さんって、あの子と、仲いいね。いつも一緒にいるよね」

「……真知のこと? まあ、中学からずっと友だちだし、仲はいいかな」

「冴橋さんは、友だちが多いよね」

「そうかなあ?」

それほど多いとは自分では思わないけど。かといって少ないとも思っていない。

わたしは人見知りをするほうではないので、それなりに誰とでも話せるからそう見えるだけじゃないかと思う。同じ中学校出身の友だちがほかのクラスにもいるから顔が広く映るんだろうか。

でも、わたしにとって、友だちが多いひと、といえば雅人を思い浮かべる。雅人はそれこそ、どこでも誰とでも友だちになれるタイプだ。学年も性別も問わず、たくさんの友だちがいる。

「私には、片手で数えられるくらいしかいない」

「……多ければいいってものでもないでしょ」

「その少ない友だちですら、病院には誰も来てないけどね」

諦めを含んだ口調に、どう返事をしていいのかわからない。

まだ来ていないだけかもしれない。タイミングを見計らっているのかもしれないし、もしかしたら町田さんの両親が今は会えないのだと説明をしているのかも。

でもきっと、町田さんもそんなことはわかっているはずだ。

……っていうか、友だちいないこと気にしてるのかな。いつもひとりだったけれど、堂々としていたのでひとりでも気にしないひとなんだと思っていた。

「町田さん、友だち、ほしいの？」

「なにそれ。そんなこと言ってないけど」

つい訊いてしまった。そして否定されてしまった。

目を吊り上げて睨まれたのに、なぜか怖いとは思わなかった。いやみを言われるよりもはっきりと怒られるほうが、わかりやすくていい。

普段もこれまでわたしに見せていたような態度なのだとしたら、友だちがいないのはそれが原因では。町田さんが言ったように、友だちがほしいわけではないのなら、それでも問題ない、と思う。でも……さっきの発言は、町田さんの本音なのだろうか。

やっぱり町田さんってよくわかんないな。

話せば話すほど、わからなくなる。

反応に困っているわたしを助けるように、チャイムが鳴った。配達かな、とインターフォンの画面を見ると、こちらを見て手を振っている雅人の姿が映っていた。

「え、雅人？　どうしたの？　ちょっと待ってすぐ行く！」

わたわたと対応して、雅人の返事を聞く前に玄関に走る。勢いよくドアを開けると、雅人が笑顔でわたしを待っていてくれた。

「雅人、どうしたの？」

「今病院から帰ってきたところ。心配かけたなあって思って美輝の顔見に来た」

「わたしのことなんか気にしなくていいのに。あ、上がる？」

そう問いかけると、雅人は笑顔のまま首を左右に振った。

「本当にいろいろありがと。ひとりだったらパニックになってたと思う」

「わたしはなにも、できなかったよ。賢のおかげだよ」

「でも、美輝がいてくれて心強かった。もちろん賢も」

微笑んでいる雅人は、無理をしているように見える。数日心身共に気を張って過ごして疲れているはずだ。立っているだけでも、ふらふらなのがわかる。目元には隈もできている。

そんな中でもわたしを気にかけて、電話ではなく家にまで来て顔を見せてくれたことがうれしい。

「大丈夫？」

「まだ、目を覚ましてないからなんとも言えないかな……大丈夫だとは思うけど」

雅人が大丈夫なのかを聞いたつもりだった。でも、町田さんの容態を返答するところが雅人らしくもある。

ちゃんと眠っているのかと聞くと、昨日は夕方に帰ってきてから家で休んだと言った。それでも、ほとんど眠れなかったに違いない。雅人まで倒れたら大変だよ、と食事と睡眠だけはきちんと取るように勧めたけれど、きっとそう簡単にできるものではないだろう。

表情からは常に、不安と疲れがにじみ出ている。けれど、雅人はずっとわたしに笑顔を絶やさず接している。

「明日も、病院に行くの？」

「うん。まだ、俺にはなにもできないけど、さ。そばにいたいから」

「わたしも一緒に……」

「あ、いや、いいよ、大丈夫。俺なら大丈夫だから。美輝は、無理しないでいいよ」

そう言って、雅人はわたしの肩に手をのせた。

誰が見たって今の雅人は〝大丈夫〟ではない。無理をしているのはわたしではなく雅人だ。こんな状況でわたしを気遣う必要はないのに。わたしに頼ってくれたらいいのに。

でも、わたしではなんの頼りにもならないことも理解している。

「わかった。雅人も、無理はしないでね」

こくりと頷くと、雅人はまた「ありがと」と言う。

「じゃあ、また連絡するよ」

ふらふらと心許ない足取りで去っていく雅人の後ろ姿を、しばらく見つめた。

いつから、わたしと雅人の関係はかわったんだろう。

昔は、わたしが雅人を気にかけて、雅人を安心させる役目だった。何度も頭を撫でて慰めたし、抱きしめたこともある。

サッカーのスタメンに入れなかったときは、泣いてわたしに連絡してくれた。わたしは悔しがっている雅人のそばにずっといた。飼っていたインコが死んでしまったときも、雅人はわたしのところに来て、泣いていた。映画やドキュメンタリーに感動したときだって、感想を語るためにわたしを家に呼んだ。

でも、雅人は背が高くなり、頭を撫でようとするとわたしは背伸びをしなくちゃいけなくなった。抱きしめても雅人のほうが体が大きい。

そして、雅人はわたしを守ろうとするようになった。重い荷物は持ってくれるし、電車やバスではバランスを崩したわたしを支えてくれることもある。

それをうれしいと思う。

けれど、不満にも感じる。

もっと昔みたいにわたしに頼ってくれたらいいのにな。

なにもできないけれど町田さんのそばにいたい雅人のように、わたしもなにもできなくても雅人のそばにいたい。

今、こんなことを考えている自分を、惨めに思う。自分の気持ちを押しつけようとしている自覚もある。なんて自分勝手なんだと自分がいやになる。

悲しいのか悔しいのか自分でわからなくて、唇を強く噛んだ。

しっかりしなくちゃ、と自分を叱咤して目をつむってからドアを閉めて振り返る。

と、いつの間にかすぐそばに町田さんが立っていた。

「なに？　いつも驚かさないでよ」

気配がなさすぎて毎回心臓に悪い。

「冴橋さんには、笑うんだね」

「え？」

「雅人くん、病室ではずっと泣いてるか、泣きそうな顔してる」

町田さんは自嘲気味に笑ってからリビングに戻っていった。

なにを言っているのか。

そりゃ、泣くでしょう。泣きそうにもなるでしょう。だって、悔しいけれど町田さんは雅人の恋人だから、心配して、たまに悪い想像を浮かべてしまうことだってあるだろう。病院で寝ている姿を見て、笑顔で過ごせというほうが難しい。

昨日もこの話をしたはずだ。なのにまだ、町田さんはわからないの？

本気で言っているのかどうか判断がつかず、首を捻りながらリビングに戻ると、町田さんはソファの上で膝を立てて座っていた。わたしのほうを見もしないので、これ以上話すつもりはないんだろうなと、話しかけずにキッチンに立つ。

今日の町田さんは昨日よりもずっと情緒が不安定だ。

明るいから大丈夫だと思ったけれど、やっぱり無理をしていたのだろうか。

ベランダから西日が差しこんできて、彼女を照らす。

事故に遭った町田さんにしかわからないなにかがあるのかもしれない。自分の家に勝手に来たひとのせいで居心地の悪さを感じることに多少の不満はあるけれど、町田さんのことは極力気にしないようにして、晩ご飯の準備をすることにした。

冷蔵庫から食材を取り出し、包丁で野菜を切りはじめると、

「ほんと、冴橋さんってムカつく」

町田さんの低い声が聞こえてきた。

「え？　なに急に」

顔を上げると、町田さんはすっくと立ち上がり、むすっとした顔をわたしに向けた。

「冴橋さんばっかり、ずるいよね。ほんと」

「なに、なんで？」

つかつかと近づいてくる彼女の気迫にたじろぎながら言い返す。

わたしの真横までやってきた町田さんは、歪ませた顔をずい、とわたしに寄せる。

その顔は、怒っているのに泣いているみたいに見えた。汗をかかない彼女は、涙で瞳を滲ませることもなかったけれど。

「友だちもいて、大事にしてくれる幼馴染みもいて、ずるい。しかもそれを全部独り占めしようとするなんて性格悪いよ、冴橋さん。健康で、普通に生活できて、ずるい」

「っな……！」

めちゃくちゃなことを言われた。

なんでそういう発想に至ったのか。

「今だって、どうせ私が事故に遭ってラッキーとか思ってるんでしょ？　ほんとはさっさと死ねばいいのにとか思ってるんでしょ？　前からずっと私のこと嫌いだったもんね」

「そんなこと、思ってるわけないでしょ」

たしかに町田さんに嫉妬していた。別れてほしいとも思ったし、いなくなればいいのにとも願った。でも、死んでほしいなんて思っていない。思うはずがない。

けれど、わたしの否定は町田さんの耳に届かない。

「私も、ずっと嫌いだったよ、冴橋さんのこと。いつも雅人くんのとなりにいて邪魔だって思ってた。たまたま家が近いだけのくせにって」

「ちょっと待ってよ、急になに怒り出してんの」

「誰より雅人くんのこと知ってますって顔して、大っ嫌いだった」

「今まで一緒だったんだから雅人のことはわたしのほうが知ってるに決まってるじゃん。それにわたしが雅人のそばにいるのは、町田さんが現れる前から雅人が約束してくれたことなんだからいいでしょ」

むしろその約束を町田さんが現れてから反故《ほご》にされたようにわたしは思っている。

もともとは、わたしの場所だった。

それを突然現れた町田さんが、奪っていった。

「冴橋さん、本当にずるい」

「もういい加減にしてよ」

ずるいからどうしろって言うのよ。

「雅人くんはね、邪魔だって言ってたよ」

鼻で笑って、町田さんが言った。

彼女はわたしを見下しながら、笑っている。わたしを傷つけようとしているのは明らかだ。でも。

「雅人がそんなこと言うわけないじゃん」

確信を持って、首を左右に振りながら答えた。町田さんの視線を真正面から受け止めて、「雅人は、そんなこと言わない」ともう一度はっきりと伝える。

「なんでわかるの？　いっつもついてきて邪魔だって、面倒くさいって」

「雅人のことは町田さんよりわたしのほうが知ってるから。雅人は、そんなことをひとに言うようなことはしない」

「知らないだけじゃないの？　言わないけど思ってる可能性はあるじゃない」

「思わないよ、雅人は。町田さんの今言っていることは、わたしじゃなくて雅人を傷つけることだよ。雅人を侮辱してる」

雅人がそんなことを考えるひとだと言っていることになる。

最低だ。ムカつく。雅人をなんだと思っているのか。

わたしを傷つけようとして言っているのだとはわかるけれど、わたしはこれっぽっちも信じないから傷つかない。でも、町田さんの発言は、わたしにとって雅人への悪口だとしか思えない。それが気に入らない。

町田さんは今さらそのことに気づいたのか、言葉を詰まらせた。けれどそれでもなお「でも」となにかを口にしようとする。

「やめてって言ってば！」

ドンッとキッチンを大きく叩いて叫ぶ。

その衝動で包丁がずるりと動いた。

あ、と思った瞬間にはすでに、包丁は勢いよく床に突き刺さっていた。そこには、町田さんの足が、ある。一瞬のことだったのにスローモーションのように、町田さんの足の甲を貫通してキッチンマットに向かっていくのが見えた。

「――っひぁ……！」

全身が粟立《あわだ》ち、声にならない声が出る。自分の足に刺さったみたいに、ビリビリ足が震えて、腰が抜けそうになる。

けれど。

床に血が広がることはない。

「あ……そ、か……」

町田さんの足をよく見ると、さっきまでそこにあったはずなのにいつの間にか包丁をかわしたかのように横にずれていた。そこで、彼女を掴もうとしても掴めなかったことを思い出す。

「ご、ごめ……」

震える手で包丁をゆっくりと拾い上げて、両手でしっかりと握りしめながら元の場所に戻す。無事だったとはいえ、自分のしてしまったことに恐怖で力が入らず、心臓がばくばくと大きな音を立てている。

町田さんが幽霊みたいなものだからなにごともなかった。でも、そばにいたのが本当の町田さんだったら、大惨事だ。想像すると目眩《めまい》がするほど恐ろしい。包丁を扱うときは気をつけろとお母さんにも何度も言われていたのに。

「ほんと、ごめん……ごめんなさい」

もう一度謝る。

「別に。死んでいるようなもんだから、傷なんてつかないし」

「そうかも、しれないけど」

だからって驚かなかったはずがない。気丈に振る舞ってはいるけれど、腕を組んでいる町田さんの指先もわたしと同じように震えていた。

「……冴橋さんにはわからないよね？　今の私の気持ちなんて」

「ごめん、気をつけ――」

「誰にも気づかれない。元に戻る方法もわからない。なににも触れることができない。怪我をすることもない私のことなんか」

包丁のことかと思って項垂《うなだ》れ謝るわたしの言葉を、町田さんは遮る。

「友だちもいなくて、変な噂ばかり流されて、挙げ句に事故に遭って。私が毎日どれだけ不安かなんてわからないでしょ」

「あの、その」

「このまま、死ぬかもしれないしさ」

初めて、町田さんの不安を聞いた。自嘲気味に笑っているけれど、きっとこれが町田さんの今の、本当の気持ちなのだろう。

口元に手を当てて、町田さんは「ほんと最悪」と冷蔵庫にもたれて失笑した。

「でも、手術は終わって目覚めるだけだって……」

「目覚めたって意味ないし」

意味がないわけがない。

「なんで、そんなふうに思うの」

「きれいごと言わないでよ！　本当はうれしいんでしょ。私がいなくなったら雅人くんが自分のそばに戻ってきてくれるもんね」

町田さんの叫び声がリビングに響き渡って、体がビリビリと震えた気がした。

「でも、私から言わせればそんなの愛情でもなんでもないんだから！」

なんでそんなことを言われなきゃいけないのか。

そう言い返したいのに、町田さんの痛苦に満ちた顔を見ると喉が締めつけられて言葉を発することができない。

「冴橋さんのはただの依存じゃない！　独り占めしたいだけ！　雅人くんを縛りつけてるだけ！　お父さんが死んだとか言って同情を引いて、ずるいのよ！」

誰かに胸を踏み潰されているみたいに、胸が苦しくなる。

わかってる。そんなこと、わたしが誰よりも知っている。

雅人に抱く気持ちを家族愛だと自分に言い聞かせ、でも、もしかしたら恋なんじゃないかと自分をごまかしてきた。でも、本当は、どちらも違う。

――『俺は、ずっと、そばにいるよ』

あの約束にわたしはしがみついていた。お父さんのかわりに雅人が交わしてくれた約束に執着しているだけだ。

でも、それだけじゃない。

それだけのはずがない。

「ちがう……」

声を絞りだして首を振る。

「お父さんが亡くなったのに、美輝は泣かなかったんだ、強いんだって雅人くんがいつも言うんだけど、そんなの薄情なだけでしょ。それで雅人くんを縛りつけてるんだから、腹黒いよね」

奥歯を噛んで、彼女の言葉で泣きそうになるのを耐えた。

こんなことで泣いてたまるか。

「しかも死んだお父さんは星になったから、星が好きって？　子どもみたい。狙ってるの？　高校生にもなって誕生日も一緒に過ごすとか信じられない」

ぷっと町田さんが噴き出し、なにも言えないでいるわたしを見て満足そうに目を細めて話を続けた。

「いったいいつまで雅人くんを縛りつけるの？　いつまでも子どもみたいなことして恥ずかしくないの？　雅人くんは私の彼氏なの。ただの幼馴染みの冴橋さんはいつまでも優先される立場じゃないの」

幼稚園の頃から、これまで、雅人と一緒に歩いた日々が次々と脳裏に蘇る。

公園で遊んだり雅人の家で一緒にアニメを観たこと、つまらないことでケンカをして雅人を泣かせたこと、雅人がわたしの大事なおもちゃを壊して数日口をきかなかったこと。そして、子犬と一緒に遊んだこと、子犬の死を一緒に泣いて悲しんだこと。雅人と一緒に居続けたからこその思い出だ。思い出すたびにあたたかな気持ちになるのは、雅人がそばにいてくれたからだ。

町田さんの言葉を受け入れてしまったら、今までの時間がすべて悲しいものになってしまう。思い出すたびにあのとき信じていたものはまやかしだったのかと思えてしまう。

そんなはずないのに。

「でも、私がいなくなればまた冴橋さんの雅人になるね」

町田さんの声に、ぐちゃぐちゃになっていた頭の中が静かになった。

わたしの、雅人?

その言葉の違和感に、数回瞬きをする。

「……雅人は誰のものでもないよ。わたしのものだったときもないし、今だって、町田さんのものじゃない」

「冴橋さんのそういうところ、大嫌い。なにいい子ぶってんの」

「いい子ぶるとかそういうことじゃない。たしかにわたしは雅人に依存していたかもしれないけど、でも、雅人がわたしのものだと思ったことはない」

それだけは、胸を張って言える。

わたしはただ、そばにいたいだけ。そばにいてほしいだけ。

それ以外は、雅人は雅人らしく、我慢せずに過ごしてほしいと思う。

「素直に言えば？　私が事故に遭ってうれしいって」

「違うって言ってるじゃん。なんでそんな話になるの」

町田さんの言っていることはめちゃくちゃだ。

なにが言いたいのかさっぱりわからない。これまでのわたしの振る舞いに不満があるのはわかったけれど、それがどうして、事故の話につながるのか。

でも、町田さん自身もわかっていない気がした。

さっきまで笑っていたはずの町田さんは今、整っていた顔を歪ませている。目は吊り上がっているのに、眉は下がっている。

「ねえ、なにが言いたいの、町田さん」

「別に。思ったことを言ってるだけ。わたしが事故に遭って瀕死になったことを喜んでるひとがいるんだろうなって思ってるだけ」

「町田さんのことは嫌いでも、そんなこと思わないよ」

「ほら出た、いい子ちゃん」

「町田さんはわたしが事故に遭ったら、そう思うの？」

「知らないわよ、そんなこと」

ふんっとそっぽを向いた町田さんに、じゃあなんでわたしの気持ちを決めつけるんだと呆れてしまう。でも、即答しないってことは、思わないということなんだろう。今までの口ぶりから、わざわざこの質問だけごまかすことはしないだろうから。

「雅人くんだって、私がいなくなれば別の子とすぐ付き合うんだから」

「さっきから、町田さんは雅人のことをなんだと思ってるの」

だだをこねた子どもの相手をしているみたいだ。

うんざりする。わたしを傷つけたいのかもしれないけれど、町田さんの発言はさっきからただただ雅人をばかにしているのだとどうして気づかないのか。

「だってみんなそうじゃない」

「自分がそうだからって、ひとも一緒だと思わないで。雅人は違う」

雅人と付き合っているくせに、なんでそんなこともわからないの。

雅人は、誰かが傷ついたら自分のことのように心を痛ませる。

わたしが雅人を庇ってケンカしたとき、わたしの傷を見て痛い痛いと泣いたほどだ。痛いのはわたしだと言うと、それでも痛いんだよ、と手当をしてくれた。

誰かが失敗をして笑われていても、雅人は一緒になってからかうようなことはしなかった。いじめられている子がいれば、どこでもすぐに手を差し伸べた。自分がいじめられたら泣くくせに、いじめに屈することは一度もなかった。

わたしが落ちこんでいると、なんとか笑顔にしようと必死になった。わたしが笑うと、うれしそうな顔でちょっと泣きそうな顔をした。どうして雅人が泣くの、とわたしが呆れるまでがお決まりのコースだった。

わたしが友人とケンカしたときは、一晩中話を聞いてくれた。

両親に怒られたときは、一緒に謝りにも行ってくれた。

「雅人は、やさしいだけじゃなくて、強いんだよ。強いからやさしいんだよ。そんなことも知らずに雅人に告白して付き合ったの？」

町田さんを見据えると、しばらくわたしと目を合わせていた彼女は顔をそらした。

「雅人と付き合って、思ってたのと違ったら別れて、また別のひとと付き合うつもりだったの？　その程度でわたしから雅人を奪ったの？」

「……私は、別れたらすぐにほかのひとと付き合うってこと？」

いや、今はそういう話をしているわけじゃないんだけど。雅人の話をしてるんだけど。わたしが言いたいことがまったく伝わっていないようで、もどかしくなる。

本当に、雅人は町田さんのどこを好きになったのだろう。

たしかに言い方が悪かった気もしないでもない。でも、自分でも似たようなこと言ってたじゃん。頭がこんがらがってきた。もうやだ。

「まあ、間違ってはないか。前の彼氏も、雅人くんと付き合う二週間前まで付き合ってたし」

そのひとが、事故のときに一緒にいたひとだろうか。

っていうか二週間前って。

「まさか内緒で会ってたのに、事故のせいでバレるとかついてないよね、私」

「そういう問題じゃないでしょ。自分のしたことで雅人がどれだけ傷ついてるかわかってるの？　内緒にしたのも、やましいことがあるからでしょ」

「そりゃあ、元カレと会うんだもん。嫉妬とか面倒くさいし」

そういうの嫌いなんだよね、と町田さんは悪びれることもなく言う。

「不思議だよね。私が次々彼氏がかわってること知ってるのに、私なんかと付き合うなんて。やっぱり私の顔がいいからかな」

自分で言うんだ、と思ったけれど、事実なので否定はできない。

「……もう一度聞くけど、なんで雅人と付き合ってんの？」

「んー、顔がいいからかな。お互い同じ理由なんて気が合うよね」

性格についてはまったく興味がないような軽い口ぶりで、悔しくなる。

本当に雅人は顔だけで町田さんと付き合うことにしたのだろうか。ギャップが気になって、というのも結局のところ、見た目が関係しているのかもしれない。

「ま、冴橋さんが私をどう思おうが勝手だけどさ。でも、今のところは、まだ私が彼女なんだよね」

その通りだ。わたしがそう思い知らされるのをわかっていて、町田さんは言っている。もしかしたら、わたしの気持ちなんて微塵も考えずに、思ったことを正直に口にしているだけかもしれない。

そういうひとだから、面倒くさいという理由で、雅人になにも言わず元カレと出かけたりできるのかも。

——お父さんのように。

「冴橋さんは、もしも私が雅人くんと別れても、ただの幼馴染みだけど」

ふふ、とやさしげに目を細めてわたしの顔を覗きこむ町田さんを睨む。

町田さんの言っていることは正しい。

町田さんが雅人の彼女だろうと、そうでなかろうと、わたしと雅人の関係はなにひとつかわらない。〝幼馴染み〟から変化することはない。

町田さんと付き合っていなくても、そのうちいつか、同じような状況になっていただろう。

でも、幼馴染みだからこそ、自信がある。

「それでも……わたしは町田さんより雅人のことを知っているし、雅人はわたしのことを誰よりもよく知っている」

わたしのほうがずっと、町田さんより雅人とつながっている。

雅人がわたしに星をモチーフにしたプレゼントをくれるのは、あの日のことを、雅人も覚えているからだ。

死んだら星になると、わたしのお父さんは星になったんだと、雅人は言った。

わたしはそんなこと、まったく信じていない。そんな星ならなくてもいいとも思う。誰かの死んだ証の星なんて見たくないし、あの日の星空を思い出すたびに胸が痛んで仕方がない。

けれど、そんなことは雅人は知らなくていい。

雅人のくれるプレゼントは、あの日の約束が今もわたしたちのあいだにある、ということだから。だから、雅人がくれる星だけは、宝物だ。

「雅人のことをわかってるのも、大事に思ってるのも、わたし」

悔しくて悔しくて、震える声で言い返した。涙を目に溜めながら、町田さんを睨《ね》めつける。

町田さんはそれを見て、冷めた表情をわたしに向けた。口元が、なにかを言いかけてはやめるかのように、震えている。

「ただいまー」

どのくらい、無言で向かい合っていただろうか。

玄関からお母さんの明るい声が聞こえて、わたしたちのあいだにあった凍った空気が風に乗ってどこかに消えていく。無意識に体を強張《こわば》らせていたようで、力が抜けてその場に腰を下ろしそうになった。

「美輝ー？」

「あ、はーい」

お母さんの呼びかけに返事をすると、町田さんがするりとわたしの横を通り過ぎていく。そして、

「もういいよ」

とかすれた声で呟いた。

「私がこんな状態なのに、冴橋さんに笑いかける雅人くんを見る私の気持ちなんて、冴橋さんにはわかるはずないもんね」

足音もなく廊下に向かう町田さんの背中を見つめる。

「安心すれば？　目が覚めたら、どうせ私たち、別れるし」

「え」

どういうことかと呼び止めようとしたけれど、町田さんは振り返りもせず玄関に向かう。追いかけると、たまたま玄関のドアを開けたままとなりの家のおばさんと話しこんでいるお母さんの横をすり抜けて町田さんは外に出ていった。

最後の台詞は、どういう意味だろう。

別れるって、言ったよね。

まるでそれが決まっているみたいな言い方だった。

え、なんでそうなるの？　なんで？　どういうつもり？

「美輝？　どうしたの？」

バタンとドアを閉めたお母さんに話しかけられてハッとする。

「え？　あ、ううん……おかえり、なさい。あ、ごめん、ご飯、まだ途中で。今日、早かったね」

「ひと区切りついたからたまにはね。もうご飯の準備はじめてたのね。んじゃあせっかくだし、今から一緒に作ろうか」

お母さんのやさしい微笑みに、沈んだ気持ちが少し楽になる。

もう、家の中に町田さんは、いない。

きっと病院に帰ったんだろう。ほかに行くところなんてないだろうし、町田さんにとってもわたしの家にいるよりもそのほうがいいと思う。イライラすることはないし、自分の体のそばにいるほうが、はやく目が覚めそうだし。

はやく、町田さんが起きればいい。そうしたら、こうやって話をすることはなくなるだろう。できれば、もう町田さんと話をしたくない。嫌いだから、というだけではない。たぶんわたしたちはどうしても相容れない関係なんじゃないかと思う。話せば話すほどお互いに気分が悪くなるだけだ。

それだけならまだいい。

わたしは、町田さんが雅人を侮るようなことを言うのを聞きたくない。思い出すだけでムカムカしてきた。それに最後の台詞もどういうつもりだったのか。

――『別れるし』

なんて勝手なことを言うのだろう。

あれだけ心配している雅人を見て、別れるだなんて。

嫌味な笑顔をわたしに向けながら言ってくれればよかったのに。そしたら、わたしはその言葉を信じて彼女に大声で文句を言えただろう。

でも、そうじゃなかった。

ただ、別れを覚悟しているかのような言い方だった。

帰宅したお母さんが着替えやら片付けやらをしているのを見て、なんとなく和室に足を踏み入れる。

和室の片隅にある仏壇の前に立ち、笑っているお父さんを見つめた。

「お父さんなら、町田さんの気持ちがわかるの？」

小さな声で呼びかけた。

事故に遭った町田さんの気持ちは、わたしにはわからない。だけど、雅人の気持ちは、幼馴染みという関係を抜きにしても、わたしにはいやと言うほどわかる。わかりたくないけれど、わかってしまう。

大切なひとを、失うかもしれない恐怖。

残されるかもしれない、不安。

お父さんの生死をお母さんと病院で何時間も待ち続けたわたしには、今の雅人がどれほど苦しいかが、ほかのひとよりもわかるだろうと思う。

なのに、町田さんはまるで――死にたいみたいだ。

直接そうは言っていない。でも、わたしにはそう聞こえた。

せっかく、生きているのに。手術を乗り越えて雅人と会うことができるのに。

それがすごく、いやだ。どんな理由があったとしても、わたしはそれが受け入れられない。

別れるっていうなら、雅人をあんなふうに苦しめる前に、もっとはやくに別れてほしかった。あんなに軽々しく雅人と別れることを口にするくらいなら、付き合ってほしくなかった。

お母さんと一緒に作ったご飯は、煮込みハンバーグと、ポテトサラダと、にんじんのグラッセだった。わたしは茄子と挽肉の炒め物を作るつもりだったのだけれど、お母さんが「今日はこっちにしよう」とメニューをかえた。どれもわたしの好物なので、お母さんがわたしを元気づけようとしてくれているのがわかる。

「美味しそう、いただきます！」

大げさなほどの笑顔と声でそう言うと、お母さんはうれしそうに微笑んだ。

「雅人くん……元気なの？」

「うん。まあ、町田さん——雅人の彼女も、とりあえず大丈夫みたい」

はじめのうちは真知が家に来た話や、テレビの話をしていたけれど、しばらくしてからわたしの様子を窺うようにお母さんが問いかけてきて、曖昧に返事をする。

「そう、よかったわね」

お母さんの声には、心からの安堵が感じられた。

わたしとお母さんは、帰りが早い日はいつも向かい合って話をしながらご飯を食べている。それは、回数が減ったとはいえ、お父さんが亡くなる前からかわらない、数少ないことのひとつだ。

お父さんは仕事から帰ってくるのはいつも十時以降だったので、三人で食卓を囲むのは休日の夜くらいしかなかった。平日顔を合わせるのは、朝食の時間くらいだったと思う。小学校低学年くらいまで、毎日一緒にご飯を食べていた記憶があるけれど、いつからか、お母さんとふたりだけの晩ご飯がわたしにとって当たり前になっていた。お父さんは仕事が忙しいんだと、思っていた。お母さんも、そう信じていた。

「お母さん」

ぽつり、と呟くと、お母さんは首を傾げてわたしを見つめる。

「お父さんが生きてたらよかった、と思う?」

お母さんの表情が一瞬固まったのがわかった。それでもお母さんの目をまっすぐに見つめて返事を待つ。

わたしは、思ったことがない。考えたことはあるけれど、その行き着く先はいつも――憎しみだった。

お父さんは、運転中にくも膜下出血になって事故を起こした。

わたしがお母さんと病院でお父さんの無事を祈っているとき、そばには見知らぬ女のひとがいた。誰だろうと思っていたけれど、話しかける雰囲気ではなかったし、お母さんにもなんとなく聞けなくて黙っていた。

そのひとが謝ってきたのは、お父さんが亡くなったとわかってからだ。

『ごめんなさい、ごめんなさい。本当にすみませんでした』

泣きながら何度もわたしとお母さんに謝っていた。

お母さんは、なにも言わなかった。静かに涙を流していた。わたしはまったく意味がわからず、ただ黙って女のひとの謝罪を聞きながら泣いているお母さんの手を握りしめていた。

そのひとの正体がわかったのは、お通夜のときだ。

お通夜の日、人気がなくなってからそっとやってきた女のひとに、お母さんが怒りをぶちまけたことで、すべてが発覚した。

女のひとは、お父さんの不倫相手で、お父さんと一緒の車に乗っていた、らしい。

事故を起こす少し前から、お父さんには頭痛の症状が出ていたのだと言う。

どうしてすぐに運転をやめさせなかったのか、すぐに救急車を呼んでくれなかったのか。そうしてくれていたら、お父さんは助かったかもしれない。少なくとも事故は起こらなかった。あなたがいなければ、その時間、家に帰っていたはずだ。

女のひとは、不倫ではないと否定し続けていた。仕事で知り合い、親しくさせてもらっていただけ。ただ、毎日ご飯を食べていただけ。そんなことを説明しても勘ぐっているひとはさらに勘ぐるだけだから黙っていたけれど、決してやましい関係ではないのだと、何度も言った。

でも、誰も信じなかった。お母さんも親戚も、もちろんわたしも信じなかった。

仮に本当にご飯を食べていただけだとして、それはやましくないのか。

家族に嘘をついて毎日知らない女性とふたりでいることは、清いことなのか。

家族の時間よりもそのひとと過ごす時間を選ぶことは、普通なのか。

お父さんはなにも言わず、いなくなった。

マンションのひとたちから好奇の目で見られる苦痛も、この先の不安も、父親のいなくなったわたしが友だちに同情される虚しさも、すべてをわたしたちに押しつけて、お父さんはいなくなった。

だから。

――『美輝のお父さんは、星になったんだよ』

雅人にそう言われても、わたしはうれしくなかった。

星になんてならなくていい。どうでもいい。星になって見守っていたって、なにもできない。そんなの勝手だ。生きているときにわたしたちを大事にしてくれなかったお父さんに、見守ってもらったところでうれしくもなんともない。

嘘つきなお父さんは、もういない。

今、わたしとお母さんの生きているこの場所から、時間から、消えた。わたしの中にあるお父さんとの思い出すら、粉々になってしまった。

わたしの目に見えない宇宙のどこかで新しい星が誕生していたとしても、見えないのならばないのと一緒だ。

――死ぬっていうのはそういうことだ。

箸を止めて、目を伏せる。

「わたしは……お父さんのこと、今も、嫌い」

お母さんを泣かせたお父さんを許せない。わたしを裏切ったお父さんをどうすれば許せるのかわからない。

「美輝は、死んでよかったって思ってるの？」

お母さんがやさしい声でわたしに問いかけてきた。けれど、わたしは答えられない。

「お母さんは、やっぱり、生きていてほしかったかな」

「……なんで？　わかんない」

同じ台詞を繰り返す。

生きていたら、わたしはもっとお父さんを嫌いになっていたかもしれない。

生きていたら、お父さんはあの女のひとと今も一緒に過ごしていたのかもしれない。

何年も何十年も、わたしたちを騙し続けていたかもしれない。

そう思うと、すごく惨めな気持ちになる。

死んでよかったと思ったことはない。だけど、あのとき生きていてほしかった、とは、思えない。

どちらも受け入れることができない。

それは、今、町田さんに思う気持ちに、似ている。

「お父さんは、美輝のこと、すごく好きだったよ」

「……知ってる」

小さいときの写真を見ると、わたしはいつもお父さんと一緒に写っていたし、お父さんが撮ってくれたわたしの写真もたくさんある。

風邪を引いたらお母さん以上に心配して、眠れないくらいわたしの様子を見に部屋にやってきた。『つらいよな』『大丈夫だぞ』『お父さんがいるからな』そう言って、大きな手でわたしの頭を撫でてくれた。

お母さんに怒られたら、わたしが泣きやむまでそばにいてくれた。甘やかすことはなかったけれど、ひとりぼっちで泣くのはさびしいよな、と泣きやんだわたしに言っていた。

わたしは、お父さんが大好きだった。

休みの日になればいつもお父さんと公園に行って、キャッチボールをしたり、一緒に砂場で遊んでいたことを覚えている。カメラを構えたお父さんのことが、大好きだった。カメラを覗きこむお父さんはいつも、レンズ越しにわたしにたくさんの愛情を伝えてくれて、シャッターを切るたびに愛情のこもった言葉をかけてくれた。

――『お父さんは、美輝とずっと一緒にいるよ』

お父さんの口癖だった。

わたしに向けられる顔は、いつだって笑顔だった。

わたしは、それがいつまでもそばにあるものだと思っていた。

「でも、お父さんは、嘘をついたじゃん」

忙しくて家にいないことはどうだってよかった。お父さんはわたしとお母さんを大事に想っているんだと信じていたから。

でも、そうじゃなかった。

家にいないのはほかのひとと過ごすためだった。大好きだと言いながら、ほかのひとを優先した。なにもかもを隠して笑っていた。

――なによりも、今、お父さんは一緒にいない。

だから、嫌い。お父さんなんて嫌い。

思い出すと涙が溢れてきて、慌てて拭う。わたしが泣くとお母さんが困る。わたしをかわいそうだと思うかもしれない。お母さんも泣きたいのに、泣けなくなってしまうかもしれない。

「お父さんがいたら……美輝が泣かなかったのになって、思うわ」

ティッシュをシュッと一枚引き出しながらお母さんが言った。

「お父さんは嘘をついたかもしれない。けど、全部が嘘じゃなかったって、お母さんは思ってる」

ティッシュを受け取って、なにも言わずに静かに鼻をかむ。

全部が嘘じゃなくても、結果的に嘘になったなら同じことなんじゃないの。百歩譲ってすべてが嘘じゃなかったとしても、女のひとが言うように不倫の事実はなかったとしても、あんな終わり方じゃ信じるにも無理がある。

だって、真実はわからない。

「あのとき、雅人がわたしに言ったんだよね。死んだら、星になるんだって」

「まあ、そう言うひともいるわね」

くすっと笑ってから、お母さんは少し黙る。そして、天井を仰いだ。

「でも、お母さんはどれだけきれいな星が見える夜空でも、星の見えない青空のほうが好きかな」

さびしそうなお母さんの笑顔を見て、わたしはお父さんの話をするのをやめた。


ご飯を終えて、お風呂に入ってしばらくしてから布団に入った。

カーテンで見えない窓の外は、暗闇が世界を包みこんでいる。それは、ときどきひどく自分が孤独のように感じさせる。

今、町田さんはどこでなにをしているのだろう。誰にも見えない彼女にとって、この夜はどんなふうに感じられるのだろう。

今日去ったとき、さびしげな背中の向こうで彼女はどんな表情をしていたのだろう。

そんなことを考えているあいだに眠っていたようで、ふと目が覚めて時間を確認すると午前の二時を過ぎていた。

ひどく喉が乾いている。冷房をつけていたけれどとっくにタイマーは切れていて、体が汗ばんでいる。熱帯夜で体がひどくだるい。まだ眠いと思っているのに、なかなか寝つけなくなって布団の上で何度も寝返りを打った。

……とりあえず、水を飲みに行こう。

起き上がるとますます眠れなくなりそうなのでできれば横になっていたかったけれど、仕方がない。ベッドから起き上がり、寝ているであろうお母さんを起こすことのないようにそっとドアを開ける。

てっきり真っ暗だと思っていた廊下には、じんわりと灯りが見えた。和室の閉められたふすまから、光が漏れている。お母さんが電気を消し忘れたのかな、と足を踏みだすと、

「……な、んで」

お母さんの震える声と、鼻を啜《すす》る音が聞こえた。

気配を消しながらふすまに近づき、数センチほど開いていた隙間から中を覗きこむ。仏壇の前にお母さんが座って俯いているのが見えた。

「夢でもいいから出てきてくれたら……責められるのに」

それは、初めて聞く悲痛な声だった。

胸がぎゅうっと締めつけられて、喉がジリジリと痛む。吐き出す息に熱がこもって、次に涙が頬を伝った。

お母さんは、わたしよりもずっと苦しい思いを抱いている。許せない気持ちは、お母さんも一緒だ。けれどそれ以上の、やり場のない苛立ちと悲しみと悔しさが伝わってくる。

そして、それを消化する方法は、どこにもない。

今日、お母さんを泣かせてしまったのは、わたしだ。わたしが、今日あんな話をしたからだ。

一緒に泣きたい。お母さんのそばに駆け寄って、わたしのせいで思い出させてしまってごめん、と謝って、抱き合って、思い切り泣き叫びたい。

だけど、それを必死に我慢した。

お母さんの背中を見ているとわたしまで苦しくなり、口を塞《ふさ》ぐとかわりに目から涙が溢れて止まらなくなった。溢れ落ちる涙を手のひらで受け止め、声を出さないように必死に唇を噛んで堪える。

お父さんが生きていてくれたら、お母さんはこんなふうに泣かなかった。わたしが弱くなければ、お母さんはこんなふうに夜中にひとりで隠れて泣かなかった。

どうして、みんなで青空の下で、笑える日々を過ごすことができなかったのか。

「あなたの口から聞いていたら……信じられたかもしれないのに」

苦笑を込めたような口調に、涙がまじったお母さんの震える声が、暗い家の中に響く。

それは、なぜか、とてもやさしいものだった。

やさしすぎて、胸が張り裂けそうになった。


お父さんとあの女のひととの関係は、なにが真実なのだろう。

九十九パーセントは不倫関係だっただろう。けれど、絶対だとは言い切れない。

この先、永遠にお父さんの口から説明してもらえない。だから、信じることも信じないこともできない。

この行き場のない思いを、どこにも、誰にも――お父さんにも――ぶつけることができない。

わたしはやっぱりお父さんのことを許せない。
許せないからこそ、今、強く思う。
生きていてくれたらよかったのに、って。

星空は頭上に

「どうしたの、眠れなかったの？」

朝起きてリビングに顔を出すと、すでに起きていたお母さんがわたしを見て眉を下げた。欠伸まじりに「うん」と答えると、「まだ半分寝てるわね」と呆れたように笑われた。

昨日の夜、わたしはお母さんが泣いていた姿を見たはずだ。けれど、もしかして夢だったのだろうかと思うくらいお母さんはいつもどおりだった。目も全然腫《は》れてない。わたしはパンパンに腫れているのに。

昨晩、お母さんにわたしが起きたことを知られてはいけないと思い、飲み物も飲まずそのままベッドに戻った。そして布団に入り泣きながら眠ってしまったせいだ。

「しばらく目元タオルで冷やしておきなさい」

「うん」

きっと、お母さんにはわたしが泣いたことがバレているだろう。わたしが泣いた理由が、昨晩お母さんの泣いているところを見てしまったから、だとは思っていないだろうけれど。

「今日は帰り遅くなるから、ご飯作らなくていいからね」

接待とやらだろうか。もしくは大きな仕事の納期が迫っているのか。詳しく聞いてもわからないので、「わかった」とだけ返事をする。

お母さんは、今日もいつものように忙しそうにリビングを動き回っていた。お母さんの用意してくれた朝食を食べながら、ぼんやりとその姿を眺める。

毎晩、あんなふうにお父さんの写真の前でお母さんは泣いていたのかな。

なにも知らなかった。

わたしは、お母さんが今もずっと悲しんでいたことに気づかなかった。

でも、今日のお母さんは、昨日よりもすっきりした表情で元気なように見える。

あんなに泣いていたのに。

――『美輝も、泣けばいいのに』

鼻声の、賢の声が聞こえた気がした。


お母さんが出ていくと、家の中はしんと静まりかえる。

ひとりきりのときに自分の部屋にこもるのは好きじゃないので、リビングでテレビをつけながら夏休みの宿題に手をつけはじめた。けれど、まったく進まない。

テレビ画面にはバラエティーの再放送が流れていて、明るい笑い声が部屋に響く。

それが余計にさびしさを助長する。

っていうか、ひとりきりって久々な感じだ。なんでそんなふうに思うんだろう。

ローテーブルに肘をついて首を捻る。

「ああ、町田さんがいたからか」

はたと気づいて部屋を見回す。

彼女が家にいたのはたった二日間だ。なのに、それまでの静かな時間の過ごし方を見失ってしまったことに驚く。病院に行ったり真知が家に来たりしていたのもあるけれど、それだけだとは思えない。

もう一度リビングをぐるりと見回して、彼女がいないことを再確認する。

町田さんは今、どうしているんだろう。

昨日、あんなふうに出ていったので、もう二度と、わたしに会おうとは思わないだろう。きっと、病院にいるはずだ。そろそろ意識が戻る可能性もある。

そして目が覚めたら……。

――『目が覚めたら、どうせ私たち、別れるし』

あの言葉は、本気だったのかな。

別れたらいい、とわたしも思っていたのに、なぜかすっきりしない。むしろ、以前よりも不快感が胸に広がる。

「あー、もうやめやめ！」

陰鬱《いんうつ》な気分になってきたので、声を張り上げて吹き飛ばす。

町田さんのことなんかどうでもいい。どれだけ考えたって、わたしには彼女のことは理解できないのだから。

「あー、暇」

テーブルに突っ伏して呟く。

勉強はもういいやとテレビのリモコンを持って、なにか面白い番組がないかと探す。バラエティーは今の気分ではない。かといってアニメも違うし、ドラマや映画を観る、というのもしっくりこない。

ポチポチと順番にチャンネルボタンを押して、ワイドショーが流れたところでその手を止めた。主婦に人気のコーナーがちょうど終わり、人気男性タレントが真面目なトーンで今日のニュースを読み上げる。

『高速道路で玉突き事故が起こり……』

『マンションで七十八歳の男性の遺体が見つかり……』

『昨年十月に起こった誘拐事件について……』

どれも一分ほどで切り替わる。最終的に時間をかけたニュースは政治家のスキャンダルだった。コメンテーターが神妙な顔つきでその政治家に苦言を呈する。

……事故って、その程度なんだな。

毎日なにかしらの事故や事件が起こって、誰かが傷ついたり亡くなったりしている。テレビで読み上げられる時間はその中でもわずかな件数で、それすらあっさり報道されるだけだ。そして、観ているわたしも、それを聞き流す。

でも実際は、数え切れないほどのひとが、ある日突然誰かを失って、それまでの日々が失われている。悲しんで苦しんで、それでも今日を過ごしているひとがいる。

町田さんのように、雅人のように。

そしてわたしやお母さんのように。

「わたしも、いつか死ぬんだろうなあ」

死なないひとはいない。

いつかひとは死ぬ。誰だって知っているし、ドラマや映画や小説でそういう話に触れたら、今日を大切に生きなくちゃいけないと思う。

でも、毎日そんなふうには過ごせない。

毎日そんなこと考えていたらストレスで倒れてしまう。

ただ、こういうときはやっぱり考えてしまう。

わたしはできれば、事故ではなく、突然死するような病気でもなく、自分のまわりにいるひとにお別れができる形がいい。余命何年とか何ヶ月とか、わかるほうがいい。かといって余命宣告されたとき、自分はどう思うのかはわからないけれど。想像するとそれはそれで、めちゃくちゃつらい。自暴自棄になるかもしれない。

でも、大切なひとが死ぬのはつらいから、叶《かな》うならばみんなより先に死にたいなあ。

いやでも、そうなるとお母さんが泣いてしまう。それは、いやだな。

死んだら、どうなるんだろう。

死んで星になるなんてばかばかしいと思う。けれど、万が一自分がそういうものになれるのであれば、それは悪くない。

みんなは、わたしがいなくなったら泣いてくれるのだろうか。あんまり泣かれるとちょっとつらいな。でも、忘れたように笑って過ごされているのも悲しい。

わたしってわがままだなあ、と苦く笑ってから気分をかえるために立ち上がった。

あまりお腹は空いていなかったけれど、そうめんを茹《ゆ》でて食べる。片付けまで終えるとまたすることがなくなったので、コンビニに出かけた。

外は今日もジリジリと太陽がアスファルトを炙《あぶ》っている。地面からの熱気と目が痛むほどの日差しの中を歩いていると、ものの数分で体中から汗が噴き出してTシャツがべっとりと肌に貼り付いてきた。

クーラーの電源を入れっぱなしにして外出してよかった。家に帰れば涼しい部屋が待っている。そう思うとわずかに暑さがマシに感じられる。サンダルをぺたぺたと鳴らしながら十分ほど歩いて、アイスとお菓子をいくつか買いこんでから戻った。

クーラーを二十二度に設定していたリビングにマンガを持ちこんで、アイスを食べながら読んで過ごす。眠たくなるとそのまま目をつむる。

こんなふうになにも考えずに本能に身を委ねて時間を貪《むさぼ》っていると、あっという間に時間が過ぎていて、ふと時計を見ると午後五時を回っていた。

一日をこれほど無駄に過ごすとは思わなかったけれど、これはこれで贅沢《ぜいたく》な使い方だ。でも、今日の残りはもう少し有意義に過ごそうと決意をする。と言っても、日は晩ご飯の用意もしなくていいので、することがない。わたしひとり分なら、お母さんが作って冷凍してくれているカレーがある。

どうしようか。なにかしたい。でも、やりたいことはない。

腕を組んで考えていると、スマホに着信が入る。手に取って画面に表示されていた名前を見ると、ぼんやりしていた意識が瞬時に覚醒した。

「はい！」

「あ、美輝？　今大丈夫？」

雅人だ。雅人の声だ。

本調子とはいかないまでも、明るい声にほっとする。

「うん、大丈夫！　どうしたの？」

外にいるのか、雅人の背後からは車が走る音が聞こえてくる。

「六時くらいに家に着く予定なんだけど、会えないかなって。賢も部活終わったところらしいからあとで俺の家に来ることになってるんだ」

間髪を容れずに元気よく「わかった」と返事をして通話を切った。

おそらく、雅人は病院帰りなのだろう。落ちこんでいるようには感じなかったので、町田さんが目覚めたのかもしれない。

気だるかったはずなのに、一気に元気が漲ってきた。

ぐんっと背を伸ばして、散らかった部屋を片付けて家を出る準備をすると、すぐに約束の時間になる。お母さんに雅人の家に行く旨のメッセージを送り、雅人にも念のためもう帰宅しているかを訊く。すぐに『家にいるからいつでも大丈夫』という返事が届いて家を出た。

階段を使って雅人の家がある二階に着くと、ちょうど一階から上がってきた賢と鉢合わせた。部活帰りなので、Tシャツにジャージのままだ。随分汗をかいたのか、髪の毛が少し湿っている。

「なんか、すげえ疲れた顔してるな、美輝」

「そうかな？」

別にこれといってなにもしていないんだけど。寝不足気味だったのも、さっき昼寝をして解消された。問題があるとすれば、まだ腫れのひいていない瞼だろうか。朝よりマシにはなったけれど、まだ二重がおかしい。

そこではっとして慌てて俯く。

賢のことだから、わたしが泣いたあとの目をしていることに気づくのでは。その理由を雅人を心配してだと、賢は思うかもしれない。

なんとなく、賢にはそんなふうに思われたくない。

かといって、本当の理由も言いにくい。

訊かれたらどうごまかそうか、と必死で考えていると、

「ひとと話すときは目を見ろ」

ふは、と笑いながら頭をこつりと叩かれた。

「ひとと話すときに頭叩くのもだめだと思う」

「愛情表現だからいいんだよ」

「……勝手だなあ」

じろりと睨んだけれど、賢は飄々《ひょうひょう》とした態度で「ほら、さっさと行くぞ」と歩いていく。どうやら目の腫れには気づかれなかったようだ。わたしが思っていたよりもずっとマシになっているのかもしれない。

ほっと胸を撫で下ろす。けれど、ちょっとだけさびしさを感じた。

……自分の感情なのに、意味がわからない。

雅人の家の前に着いてチャイムを押すと、インターフォンではなく、ドア越しに「はあい」と声が聞こえた。すぐにドアが開かれて中から雅人が顔を出す。顔色はよ

くなっていたけれど、目の下の隈はまだ残っている。

「入って入って。母さん、賢と美輝来たから部屋にいるよー」

雅人はドアを大きく開いてわたしたちを招いてから、リビングにいるらしいおばさんに呼びかけた。奥から「いらっしゃいー」とおばさんの声が聞こえる。

「お邪魔しますー」

中に入りすぐ右手にある雅人の部屋に入ると、おばさんがわたしたちにお茶を運んできてくれる。持ってきたチーズケーキを渡すと、雅人もおばさんも喜んでくれた。

一昨日《おととい》作ってすぐに雅人に渡したかったけれどタイミングがなく、念のため小分けにして冷凍しておいてよかった。

小一時間ほどしか解凍できなかったものの、夏のおかげで食べられるほどのやわらかさになっていたうえに、シャリシャリ感もあり、ちょうどいい。

雅人は「やっぱり美輝のケーキが一番うまい」と一口食べて頬を緩ませた。賢はというと、残すことはないけれど、特に感想がないのでよくわからない。

「あ、部活、もうしばらく行けそうにないって先生に言っといて」

「わかった。で、どうなんだ、町田は」

一足先にケーキを食べ終わった賢が、雅人に訊く。

わたしも気になっていたことだ。

「ああ、今日、ちょっと目覚めたんだ」

本当にうれしそうに、雅人は目を細めた。

よかった。雅人の心からの微笑みに、わたしも口元が綻《ほころ》ぶ。と、同時に、町田さんの昨日の台詞を思い出して、胸がそわっとした。

「よかったじゃん。もう大丈夫そうなのか？」

「うん、大丈夫みたい。まだ痛み止めとかいろいろ薬飲んでるから、長いこと話はできないんだけど。きみちゃんも状況もよくわかってないしね」

どうやらかろうじて会話はできるそうだが、ほとんど朦朧としている、と言ったほうがいい状態のようだ。事故に遭ったことも自覚できていないらしく、ずっと不思議そうに、不安そうにしているらしい。

でも、わたしの家にいたときの町田さんは、いろんなことを把握していた。

もしかして、そのときの記憶は、目を覚ますとなくなっているのだろうか。

そうだとしたら、町田さんが今までわたしに言っていたことは、どこからどこまでが本心なのだろう。別人になるわけではないだろうけれど、同じ、とは言いにくい気がする。

でも、昨日の会話を覚えていないなら、あの言葉の意味をわたしはもう知り得ないのか。目を覚ました町田さんが、いつか、同じことを口にする可能性もあるけれど。

「そっか。よかったね、雅人」

改めてそう伝えると、「うん」と雅人が頷く。けれど、

「このまま、なにごともなく、無事に退院してくれたらいいんだけど……ね」

と不安を吐露した。

大丈夫だよ、と無責任なことを言いそうになり、呑みこむ。すると今度は、なにも言えなくなる。こういうとき、気の利いたことのひとつも言えない無力な自分を痛感する。

三年前、雅人はわたしを勇気づけて慰めてくれたのに。

わたしは雅人にしてもらったことの、ほんの欠片も返すことができない。

そんな不甲斐ないわたしのかわりに、「なんか問題あったのか?」と賢がいつもの調子で雅人に訊ねる。

「実はさ」

雅人はわずかに躊躇《ためら》う様子を見せたけれど、ゆっくりと言葉を紡ぎはじめた。

「障害が、残るかもしれないんだって」

それは、とてもとても小さな声だった。

「……え?」

顔が、強張って、情けない声が漏れる。

「頭、強く打ってて。麻痺《まひ》とか、そういうのがあるかもって。手術終わったすぐあとに、おばさんが医者から言われたらしくて。今日、教えてもらった」

障害、が残る？　麻痺って、元には戻らないってこと？

「でも……」

雅人は、無理をしているのがひと目でわかるほどの歪《いびつ》な笑顔を見せた。気がつくと、わたしは手元にあったクッションを抱き潰していた。無意識に引き寄せてぎゅうっと握っていたらしい。

「俺は、きみちゃんが、生きてるならそれでいいんだ」

雅人の台詞に、声に、表情に、泣きたくなる。

雅人の言葉に、嘘偽りは感じられない。心の底から、そう思っている。だからこそ、その決意の強さとやさしさに胸が締めつけられる。

雅人は、町田さんにどんな後遺症が残っても、そばにいるだろう。それこそ、ずっと。ずっとそばに、いるんだろう。雅人ならそうする。

――『俺は、美輝のそばに、ずっといる』

あの言葉は、これからわたしではなく町田さんに向けられる。わたしは、そういう雅人のことがずっと好きだったのだから。

頭ではそう思っているのに、心がついていかない。

わたしはもちろん、賢も言葉を失っていた。

しばらくのあいだ三人とも無言でいると、突然、軽快な音楽が大音量で流れて大げさなほど驚いてしまう。

「あ、わりぃオレだ」

ポケットからスマホを取り出した賢が、腰を上げて部屋を出ていった。

「ぶは、賢の着信音、でかすぎだよな」

「たしかに」

賢の電話のおかげで、さっきまでの重苦しい空気が払拭される。目を合わせてクスクスと笑い合うと、ふうっと雅人が肩の力を抜いて息を吐き出した。そして、わたしの目をまっすぐに見つめてくる。

「美輝は、強いなあ」

「え？」

「今回のことで、俺、ほんと、美輝の強さを実感した」

なにを言っているのかわからず、首を傾げる。どうしてわたしが強いなんて話になるのかわからない。それに、今回わたしはなんの役にも立てなかった。

おまけに自分勝手な嫉妬をした手前、ちょっと後ろめたい。

「きみちゃんが事故に遭ったって連絡きてから、ずっとパニックになってたんだ。手術待ってるあいだも、震えてじっとすることしかできなくて、悪いことばっかり浮かんできて、泣いたりしちゃってさ。そしたら、美輝のこと思い出した」

「わたしの、こと?」

聞き返すと、雅人は「ん」と小さく答える。

「美輝は、美輝のお父さんが亡くなったときも、泣かなかったなあって」

「それは……」

雅人の前で、泣いていないだけだ。

お母さんの前では泣いていたし、ひとり部屋にこもって泣いた。布団に潜りこんで、悲しさと悔しさで止まらない涙を隠していた。声を殺して、一晩中泣き続けた。

ただ、あの夜空の下では歯を食いしばっていただけだ。泣きたい気持ちを、必死に我慢していた。心が状況に追いついていなかったのもある。

でも、あのとき雅人がわたしのそばに来なければ、わたしは涙を流していたはずだ。

「昔から、美輝は強くて、いつも俺を守ってくれたよな」

「雅人は、いつも泣いてたしね」

「ははっ、そうそう。それで、慰めてくれるのが美輝だった」

そう言うけれど、わたしも幼い頃は何度も雅人の前で泣いた記憶がある。雅人ほどではなかったし、雅人を守るのがわたしの役目だと思っていたのも事実だが。

「美輝は……いつも俺に笑いかけるんだよな。愚痴《ぐち》も弱音もほとんど言わなくて。俺も、美輝みたいにしなくちゃなって、思った」

雅人の話している〝美輝〟はまるでわたしじゃない別のひとのことのように聞こえてくる。すごく美化された思い出になっているんじゃないだろうか。ここに賢がいれば「なに言ってんの」と呆れて突っこんでいただろう。

雅人の気持ちがうれしくないわけではない。

でも、不思議な気持ちのほうが大きい。

本当のわたしは、弱くてズルくて卑怯で、町田さんに嫉妬してひどいことを考えてしまうくらい自分勝手だ。わたしが町田さんを妬んでいることを、心の中でどれだけ醜い感情を抱いていたかを、雅人は知らない。だからそんなことが言えるのだ。

「俺は、美輝に、なにもできなかったよね」

「そんなことないよ！」

俯いていた顔を、弾かれたように上げる。

「あのとき、雅人がいてくれて、わたしはすごく救われたよ。雅人が、わたしに言ってくれたから」

「ああ、美輝のお父さんは星になってるよってやつ？」

それじゃないよ、と言おうとすると雅人が「今も、どっかで美輝のお父さんは美輝を見てんのかな」と呟く。

「美輝は、いつもおじさんと一緒にいたよな」

「うん、そうだね。小学二年くらいまでは、休みの日はお父さんと遊んでたかな」

「おじさん、いつも『美輝とずっと一緒にいるぞ』って笑顔で美輝を抱きしめてて、俺、その姿を見るのがすごく好きだったんだ。仲良くて、幸せそうでさ」

　それは、お父さんの口癖だった。ぎゅうっと抱きしめてきて、チクチクする顎をわたしに押しつけながら言った。わたしはケタケタと笑いながらいやがるフリをしていたのを覚えている。

　あの頃はあの言葉を特別なものとして考えたことはなかった。いつだってわたしのそばにいてくれたから、ずっとお父さんはわたしを抱きしめてくれるのだと、疑いもしなかった。それが当たり前だった。

　わたしは、お父さんに愛されているんだと、心から信じていた。

「あの頃、俺の父さんは単身赴任で家にあんまりいなかったからさ」

「そっか、そうだったね」

「俺、美輝が、羨ましかった」

　そうだったのか。でも、あの頃のお父さんはわたしにとって自慢のお父さんだった。

「でも、雅人も知ってるでしょう?」

「……あ、ああ。母さんが話してるの、聞こえてきたことが、ある」

わたしの言葉に、一瞬言葉をつまらせた雅人が、目をそらして答える。

お父さんが亡くなったとき、お母さんではない女性と一緒にいたことは、あっという間にマンション内に広まった。集合住宅の情報網は凄《すさ》まじいんだな、と他人事のように当時のわたしは思った。

何人ものひとが無遠慮に、ときには親切心でその件についてわたしやお母さんに話しかけてきてうんざりしたものだ。悲しむとか恥ずかしいとか惨めとか、そういう感情に浸る暇もないほどだった。

でも、雅人も、雅人のおばさんも、知らないフリをして以前とかわらずやさしくしてくれた。そのことが、わたしにはうれしかった。

「あのときわたしが泣かなかったのは、わたしが泣いたら……まわりからかわいそうな子に見えるんだろうなって思って、それがいやだったからだよ」

お母さんが女のひとに泣いて叫んだのは、幸いにもまわりに誰もいないときだった。

——そのときのお母さんはわたしには〝かわいそうなひと〟に見えた。

だから、わたしは、人前で涙を必死にこらえていた。

私は泣いていない、わたしはかわいそうじゃない、とまわりに思ってほしかった。

哀れみの眼差しを跳ね返すように、体中に力を込めて、我慢していた。

お父さんがいなくなっても、前を向かなくちゃいけなかったから。だから、せめてこれ以上惨めに思われないように歯を食いしばっただけ。

お父さんが無事に目を覚ましていたら、なにかが違っていたのだろうか。

どれだけ考えたって答えは見つけられない、無駄な想像だ。

雅人は、そうだったんだ……と消え入りそうな声で言った。

「雅人は——町田さんを、許せるの？」

こんなこと訊くべきじゃない。でも、訊かずにはいられない。

唇に歯を立てて、驚いた顔をする雅人を見つめた。雅人は視線を少し下に向けて、困ったように笑ってから「美輝も知ってたんだ」と頭をかく。

「今はまだ、よくわかんないからなんとも言えない、かな」

町田さんの記憶はまだはっきりしていないし、目を覚ましたばかりなのでその件については触れていないらしい。だから、ふたりがどういう関係でなんで会っていたのかは、まだわからないのだと言う。

「相手の……男子とは話したの？」

「いや、挨拶程度かな。なにを聞いても、きみちゃんに聞かないとわかんないだろ」

お父さんと一緒だ。本人の口から聞くまでは、判断の仕様がない。

わたしは一応町田さんから聞いたけれど……でも、元カレと会っていた、ということだけだ。

そっか、と答えると、

「でも」

と雅人が言葉をつけ足した。

「俺は、きみちゃんを、信じてる」

雅人の表情には、迷いを感じなかった。

明るい笑顔ではない。どちらかといえば憂いを帯びて暗かった。けれど、雅人の言葉には嘘はなかった。

なんで、言い切れるんだろう。

友だちであっても、雅人に隠してふたりきりで会っていたのだから、雅人は怒ってもいいところだ。

もしかしたら、町田さんは雅人から元カレにのりかえるところだったかもしれない。いやすでに、二股をかけていたのかもしれない。

疑い出せばキリがない。

信じることよりも、信じないことのほうがずっと簡単だ。状況から判断すれば、ほとんどの人がどこに信じる要素があるのかと不思議がるに違いない。

でも、雅人は信じている。

「もしも、裏切られてたらどうするの?」

「そのときにまた考えるよ。今は、きみちゃんが無事だったから、それでいい」

以前、似たようなことを訊いたときと同じ返事だった。

わたしは、そんなふうに思えない。

雅人が町田さんを信じていても、わたしはこの先、雅人の彼女で居続ける町田さんを受け入れることはできないだろう。

もともと町田さんが嫌いだから、ではない。

元カレと会っていたから、というだけでもない。

——町田さんにお父さんを重ねてしまうから。

絶対に外れない嘘発見器で明確な答えを得られない限り、町田さんを完璧に信じることはできないだろう。

雅人だって、この先本当に、わずかも疑わずにつき合い続けられるのだろうか。そんなひと、存在するのだろうか。

考えこんでしまい無言になったわたしに、雅人は「きみちゃんはさ」と独り言のように話しを続けた。

「誤解されやすい子なんだ。今まで女子とはいろいろもめてきたみたいで、友だちを作るのを怖がってて。でも、だからだろうな、ひとの気持ちにすごく敏感でさ」

幽霊もどきになった町田さんに、わたしはそんなふうに感じたことが一度もない。

やっぱり、雅人の前では猫をかぶっているのでは。

「すごく、俺のことに気を遣ってくれるんだ。自分のせいで俺が悪く言われないように、いつも気にしてる」

そうなの、か。

わたしの知っている町田さんと別人のようで、うまく言葉が返せない。

「付き合う前はただ、かわいいなあって思ってただけだった。でも、付き合ってきみちゃんを知っていって、ああ、好きだなって前より思うんだ」

好き、という言葉を雅人の口から直接聞くと、胸が破裂しそうなくらい苦しくなった。〝好き〟は、〝誰よりも大事〟みたいだから。胸の中を冬の風が通り過ぎたみたいに、体が冷たくなる。

「きみちゃん、初めて会ったときもこけてたけど、普段からちょっと注意力が散漫っていうか、天然っていうか。一緒にいてもよく躓《つまず》くんだよな。自分では落ち着いてるフリしてるんだけどさ」

雅人が思い出し笑いをする。

「思ったことも顔にすぐ出ちゃうのに、きみちゃんはそれをちゃんと隠せてると思いこんでるんだよ。さびしがりですぐ不安になるのに、平気なフリするんだ」

そんなの聞きたくない。そう思うのに、雅人の話から、昨日一昨日に話をした町田さんの様子が脳裏に蘇る。あの軽口も、叫びも、彼女の虚勢だったのではないかと思えてくる。口ではムカつくことばかり言っていたけれど、表情にはどこか、ずっと翳りがあった、気もしてくる。

……でも、気がしてくる、だけだ。

わたしは町田さんのことをほとんど知らないから。

「きみちゃんが俺と付き合う前にいろんなひとと付き合ってるのは知ってるし、それをまったく気にしてないわけじゃないけど、俺は、友だちがいないことがさびしくて、好きになってもらえるとうれしくて、付き合ってたんじゃないかなって」

「本人はどう言ってるの？」

「きみちゃんは強がりだから、べつにって感じ。でも、毎回『思ってたのと違う』って振られたとは言ってたよ」

それだけでは、なかなか判断がつかない。

雅人の想像を「ちがうと思う」と一蹴したいわけではないけれど、若干雅人がいいように解釈しすぎているのでは、と心配になる。

「誰かが本当の自分を見てくれるのを、きみちゃんは待ってたんじゃないかって俺は思ってる」

でも、これが雅人だよな、とも思う。

噂のことを、気にしていないフリ、知らないフリをしていたところは、雅人らしい。わたしのお父さんの話を一切しなかったことと同じだ。

雅人は、雅人の目で見てきた町田さんを信じているんだろう。誰がなんと言おうと、どんな事実があったとしても、本人の口から聞くまで雅人は信じ続けるに違いない。

「だから、美輝に嫉妬してるんじゃないかって思ってるんだよ。でも、一緒に美輝の誕生日プレゼントを買いに行ったら、俺よりも一生懸命選んでくれたんだ」

町田さんがわたしの誕生日のことや星のことに詳しかったのは、雅人と一緒にプレゼントを買いに行ったからなのかと納得した。

嫉妬しているのを隠して笑っていたけれど、実際はやっぱり拗ねていて、でもわたしへのプレゼントに、ああでもないこうでもない、と雅人のセンスに呆れながら、わたしが喜びそうなものを探し出してくれたよ、と雅人がうれしそうな顔でわたしに教えてくる。

町田さんは本当に雅人の言うように真剣に探してくれたのだろうか。

一生懸命選ぶフリをしていただけなのでは。

そんなことを考えてしまうことが自分でいやになる。

わたしは、町田さんを信じられない、ではなく、信じたくない、と思っているのかもしれない。

羨ましさで目を曇らせて、いつまでもわたし自身が彼女を敵のように見ていた。敵のはずだと、そうでなければ――彼女に対して醜い感情を抱いている自分が悪者になるような気がしたからだ。

……できればこのまま、知らないままでいたかった。

自分の邪《よこしま》な部分に、目をそらしていたかった。

でも――わたしは、認めざるを得ない。

「だから。きみちゃんが、みんなが思うようなことをするって、思えないんだ。もちろん、不安がないって言ったら嘘になるけど」

「それでも、雅人はすごいよ」

力なく首を左右に振って呟くと、雅人は「だといいけど」と言ってため息をついた。口を潤すためか、グラスを手にして残っていたお茶を一気に飲み干す。

そして、からっぽになったグラスの中を見つめて、

「でも、ケンカしたんだ」

と震える声でささやいた。

「え？」

「俺ときみちゃん、終業式の日、ちょっと微妙な空気になってたんだ」

雅人がグラスを握る手に力を込めたのがわかった。

「あのまま、別れることにならなくて――本当によかった」

雅人の瞳は潤んでいた。だけど、笑っていた。それは、今まで見たどの笑顔よりも、慈愛に満ちていて、幸福感が溢れていて、だからこそとても切なくて、抱きしめたくなるほどだった。

「おかんから電話だった」

しんと静まっていた部屋の空気を、戻ってきた賢のあっけらかんとした口調が一変させた。そして、黙りこくっているわたしたちを交互に見やって「なに」と首を傾げる。いつもどおりの賢に、「ふ」と噴き出してしまった。

「なんだよ」

「なんでもないよ。家から電話って、なにかあったの?」

「いや。録画したはずの番組が表示されないけどなんでかってだけ」

ぶははは、と今度は雅人が噴き出した。

「ボタンを押してひとつ前の画面に戻れって言ってんのに全然話が通じなくてすげえ大変だった」

「結局解決したの?」

「たぶん。これで無理だったら夜まで我慢しろって言った」

どすんと腰を下ろした賢は呆れていた。わたしと雅人は目を合わせて、再び笑う。それを、賢が怪訝な顔をして見ていた。

そのあとは賢のおかげでいつもどおりの——町田さんが事故に遭う前のような——雰囲気で過ごした。最近休んでいるサッカー部のことや、夏休みの宿題のこと。まだまだ夏休みはあるのだから、みんなでどこかに行くのもいいね、と話し合ったりもした。出かける話は町田さん次第だけれど、話しているだけで気分が浮上する。前向きな想像をすると、いやなろくでもない想像をしないで済む。

今は、これでいいのかもしれない。

穏やかな雰囲気で過ごせるだけで、昨日一昨日よりもずっと幸せなことだ。

話しこんでいるあいだに日はすっかり沈み、雅人のおばさんが部屋にやってきてわたしたちに晩ご飯はいるかと聞いてきた。もうそんな時間かと時計を見ると、すでに八時を過ぎている。

「あ、オレ、家にご飯あるみたいなんで、帰ります」

賢が、そう言って腰を上げると、おばさんは残念そうな顔をする。まだ雅人と一緒にいたい気持ちもあるけれど、まだ疲れが取れていないだろうと思いわたしも賢と一緒に帰ることにした。

玄関で靴を履いたところで、「美輝」と雅人がわたしを引き留める。

振り返ると、雅人は朗《ほが》らかに「大丈夫だよ」と肩に手を置いてきた。なにが、と首を傾げると、

「美輝のお父さんはもう、そばにいないかもしれない。けど、俺は、そばにいるから。それはかわらないよ」

と言葉を続ける。

嘘つきだね、雅人は。

そんな言葉がつい溢れてしまいそうになったけれど、喉をごくりと鳴らして呑みこむ。なんで今そんな話をしたのかわからないままに、「ありがと」と目を細めて雅人の家をあとにした。

雅人の気持ちが嘘だとは思っていない。でも、今、雅人が本当にそばにいたいひとは町田さんだ。わたしじゃない。

夜になっても暑さがまだ充満している中、わたしと賢はマンションの廊下を進んでいく。ひとりの家に帰るのかと思うと、気分が重くなってくる。

「美輝、ちょっと話すか？」

となりの賢がそう言って、返事を待たずにわたしの手を掴んで歩き出した。

「け、賢？　どうしたの？」

「時間潰すの付き合って」

「え？　え？」

時間を潰すってどういうことだろう。賢は家にご飯が準備されているのでは。意味がわからずに引かれるままついていくと、賢はエントランスを出て、木々の裏にある休憩所のベンチで立ち止まった。公園とは決して呼べない、四方が草木に囲まれている憩いの場所だ。そこに腰を下ろして、突っ立っているわたしにも座るように、顎《あご》で促す。

「美輝、ずっと、泣きそうな顔してる」

びくり、と体が震える。

「……なんでかよくわかんねえけど、とりあえず泣いとけば？」

「なにそれ」

適当だなあ。

呆れながら口にしたはずなのに、言葉と一緒に涙がぽろりと瞳から溢れ落ちた。

これまで数え切れないくらいに耐えていたのに、なぜ、こんなにも簡単に泣いてしまうのか自分でもわからない。

「いや、これは……」

焦って手の甲で涙を拭う。けれど、せき止めることができない。言い訳をしながらも涙がぼろぼろとこぼれて頬を伝っていく。

「泣きたくないのはわかるけど、泣いたほうが楽になる場合もあるだろ。特に美輝は無理矢理にでも人前で泣かせないと、いつまでも強がるから」

「な、んで」

そういうことを言うの、という続きの言葉は口にすることができなかった。

歯を食いしばって「うう……」と悔しさのこもった声を漏らすと、賢がわたしの意地っ張り具合に呆れたように笑うのが聞こえてくる。

「前と逆だな」

本当だ。

去年、この場所で賢とふたりきりで過ごした日のことが蘇る。でも、そのことはわたしと賢だけの秘密で、その後一度も話題に出したことがなかった。

「……もう、足は、大丈夫なの」

「当たり前だろ。一年も経ってるんだから」

右足首を自慢げに動かしてわたしに見せつける。

去年は、その足首にはテーピングがぐるぐると巻かれていた。

中学三年生のとき、賢は階段から落ちて足を捻挫《ねんざ》した。落ちた理由は、階段を駆け上がってきた後輩とぶつかったこと。

それは、中学最後となる試合直前のことだ。賢は、サッカー部のエースだった。

「まあ、一回戦か二回戦勝てたらいいくらいだったから別にいいよ。思い入れがあったわけじゃないし、試合に出られないくらいどうってことない」

ひょこひょこと右足を庇うように歩きながら賢は言った。本当になんでもないことのように、平然としていて、むしろ「オレを試合に出したかったら決勝まで行けよな」と雅人をからかっていたほどだ。

泣いて悔しがっていたのは、賢に怪我をさせてしまった後輩だった。その子に賢が「気にすんなって」「一生歩けないみたいじゃねえか」「たかが数週間だよ」と一度も責めることなく、後輩を慰めた。

けれど、試合は一回戦で負けた。

これまでの実力なら勝てる相手だったけれど、賢がいなかったからか、最後に逆転されてしまい、賢は試合に出ることなく引退することになった。

その日の夜、賢は雅人の家に立ち寄って話をしていたらしい。わたしは一緒に過ごしていなかったので、どんな話をしたのかはわからないが、おそらく――雅人が落ちこんでいて、それを賢が笑いながら元気づけていたのだろうと思う。

友だちとカラオケに行って帰ってくると、マンションからちょうど出てきた賢を見つけた。ひょこひょこと歩く賢は、今にもコケそうな歩き方をしていた。

「賢、なにしてんの、こんなところで」

「よ」

駆け寄って声をかけると、賢がひどく歪んだ笑みを顔に貼りつけていた。

「その足で家まで歩いて帰るつもり?」

「もうだいぶマシだし」

「でも」

すごく痛そうな顔をしているのに。

でも賢はどことなくわたしを拒否しているように感じて、手を差し伸べることができない。「じゃあな」といつもよりも素っ気ない態度で賢はわたしの横を通り過ぎて帰ろうとする。

「……っ」

そのとき、賢がバランスを崩してどしゃりと地面に崩れ落ちた。

「だ、大丈夫?」

すぐに賢のそばに駆け寄り膝をついて手を掴んだ。

捻挫してしまったほうの足で思わず踏ん張ってしまったらしい賢は、バツが悪そうな顔をしてわたしから目をそらした。けれどひとりで立ち上がることができず、わたしの肩に手をのせる。賢に肩を貸した状態でゆっくりと腰を上げて、休憩所のベンチに移動した。ひとが通るエントランスのそばは、賢がいやがるんじゃないかと思ったからだ。

蒸し暑い日で、重い空気がじっとりとわたしたちを包みこんでいた。

「だせ」

はあっとため息をついた賢が呟く。

「怪我してるんだから、ダサいわけないじゃん」

「怪我したことが、だよ」

いつもよりも声のトーンが暗い賢をそのままにしておけなくて、となりに並んで座った。賢の表情は険しい。

「なんで怪我してんだよ。オレは」

絞り出された声は、震えていた。

顔を片手で隠しながら、悔しそうにもう片方の手を固く握る。頬を伝う雫が、月の光を反射させていて、わたしは思わず目をそらした。見ちゃいけないものを見てしまった気がした。

賢が平気なフリをしていたことには気づいていた。

でも、わたしが思っていた以上に無理をしていたことをそのとき知った。

弱小サッカー部だったけれど、賢は誰よりも真面目に部活に励んでいた。なによりも、楽しそうだった。最後の試合を楽しみにしていた。

なのに怪我のせいで出場できなかったのだ。それが悔しくないわけがない。その悔しさを、わたしが推し量れるわけもない。

「オレのほう見るなよ」

涙声で賢が言う。

見えるはずもないのに、わたしは声に出さずにただこくこくと頷いた。いつの間にか、わたしは賢の固い拳に手を重ねていた。賢はそれを振り払わなかった。

不思議なことに、賢に笑ってほしい、とは思わなかった。

泣きたいのならば、溜めこんでいた涙を全部流してほしいと思った。すべてを吐き出してほしいと思った。我慢するくらいなら、そのほうがいい。

涙が止まるまでずっとそばにいるから、そう思って賢の手をぎゅっと握りしめた。どのくらいのあいだ、そうしていたのかはわからない。ただ、賢はいつの間にか泣くのをやめていて、わたしもそれに気づいていながら、なにも言わずに夜空を眺めていた。生ぬるい風がそばの草木をカサカサと揺らしていた。

「そろそろ帰らねえと、親心配するよな」

先に口を開いたのは賢だった。

「……うん」

大丈夫？　とは言わなかった。賢の表情が思いのほかスッキリしたものだったので、わたしは賢がゆっくりと立ち上がるのをただ、見つめる。足の痛みは引いたっぽいことに安心もした。

賢がわたしを見下ろす。

「オレ、泣くのって好きじゃねえんだよ。特に人前では」

「うん」

わたしも同じだ。

「オレの伯母さんがよく泣くひとで、そのたびに面倒くさかったんだよな。そんな思いをまわりにさせてまで泣きたくねえじゃん」

賢はそんなふうに考えるのか。わたしは、雅人を慰めることが多かったけれど、面倒くさいと思ったことはなかった。

「でも、悪くないな」

賢の視線から、なにかがわたしを包んでくれているようなぬくもりを感じた。

「楽になった」

「……そっか」

そう思ってくれたことにほっとする。

「悪いな、付き合わせて」

よたよたと、座ったままのわたしを置いて、賢が歩いていく。その背中を見つめていると、ふと彼が足を止めて振り返って言った。

「美輝は、泣かないんだっけ」

なんでそんなことを言われているのかわからなかった。

「父親が死んだときも、泣かなかったんだろ」

「……雅人から聞いたの？」

「まあな。それに、オレの前でもその話をするとき、泣かなかったよな」

数日学校を休むことになったので、事前に賢や真知にはメッセージで報告をしたし、学校で顔を合わせたときにも、お父さんの話はした。でもわたしは、泣かなかった。

「美輝も泣けばいいのに」

わたしを見て、賢は外灯の下で微笑んだ。

「オレがそばにいたら、無理矢理にでも泣かせたのに」

そう言って、賢は再びわたしに背を向けて帰っていった。

「あの日の仕返しだな」

「……っは、はは、なにそれ」

賢の台詞に笑う。笑いながら、泣く。

「なにも言わねえから、今はとりあえず泣けばいいよ」

人前で泣きたくない。泣けば泣くほど苦しくなるし、まわりにそれほど悲しんでいるのだと思われるのもいやだ。

かわいそうだと思われたくない。

それは、わたしが泣いていると自分のことのように悲しんでくれるひとがいるからだ。そのやさしさはうれしい。それほどわたしを大切に想ってくれるひとがいてくれるのは、幸せだ。でも、わたしの苦しみに、わたしは誰も巻きこみたくない。

ならば無理にでも笑っていたい。

——でも、三年前。

あの日屋上にやってきたのが雅人ではなく賢だったら、わたしは泣いていたような気がした。空に向かって号泣しながらお父さんを罵倒していたんじゃないだろうか。

そんなみっともないことはしたくない。

でも、もしもそうしていたら、なにかが違っていたのだろうか。

今のわたしは、お父さんに対してそこまでの激しい感情を抱いていない。

それからしばらくのあいだ、賢はとなりに座ったままなにも喋らなかった。わたしはただ、ひとりで涙を流し続けた。どうして涙が止められないのか、今自分はなんで泣いているのかわからないのに、泣きやむことができなかった。

ずびっと洟をすすると、さっきまでダムが決壊して止めどなく流れていた涙がぴたりと止まる。もう出し尽くしてしまったのかもしれない。

そのことに気づいた賢が、

「なにをそんなに我慢してるんだか」

とわたしにハンカチを差し出してきた。

「スッキリしたか？」

「まあ、少しは」

「素直じゃねえな」

本当は、めちゃくちゃスッキリしている。スッキリついでに、「町田さんとお父さんが、重なる」と本音を吐き出した。賢もわたしにこれまでお父さんの死についてなにも言わなかったけれど、噂は知っているはずだ。

「だから、なんか、思い出したり、町田さんにムカついたり、雅人の健気《けなげ》さにイライラしたり、なんかよくわかんないけど、いろいろぐちゃぐちゃになった」

なんだこの意味不明な説明は、と自分で思う。でも、なぜか賢は「ああ、そういうこと」と納得したような声を出した。わたしでも理解できないのに、賢に理解できるはずがない。なのに、賢なら可能かもしれないと思う。まるで超能力者みたいに、いつだってわたしの気持ちに気づくひとだったから。

「……賢は、どう思う？　町田さんのこと……」

「なにが？」

「その、他の男子と、出かけてたっていう話のこと」

ああ、と賢が声をもらした。やっぱり賢の耳にも噂は届いていた。

「さあ？　オレ町田のことよく知らないし。男と一緒にいたのも理由があるんじゃね？　聞かないとわかんねえな。聞かなくてもいいけど」

雅人の彼女だというのに、賢にとっては他人でしかないようだ。

「気にならないの？」

「なんでオレが気にすんの？　町田のこと知ってるならまだしも、知らないからなに聞いたって本当か嘘かオレには判断つかねえじゃん」

「雅人の彼女だよ？　雅人を騙していたかもしれないのに」

「まあそうだけど。もしも雅人が町田に貢いでるとかだったらもうちょっと真剣に考えるかもな」

そう言われると返す言葉がなくなってしまう。

「でも」

「じゃあなんで美輝は雅人に言わねえの？　悪い噂があるから別れろとか、あの子はやめとけとか」

「そんなの言えないよ」

「なんで？　騙されてるなら、雅人に伝えるのは悪いことじゃないだろ。もしも相手が結婚詐欺師とかだったらどうすんだよ」

なんでって……なんでだろう。

きょとんとした顔で賢に聞かれて考えるけれど、答えがうまく見つけられない。雅人のことを思うなら、心配するなら、少しくらいの忠告はするはずだ。たしかに、結婚詐欺師ならわたしは雅人に忠告するだろう。

……でも町田さんは結婚詐欺師じゃないし。

「美輝が、町田のことを本当はそんなに悪く思ってないんだろ」

「……それは……どうだろう」

目をそらすと、賢がわたしに手を伸ばしてきて、頬に残っていた涙のあとを指の背でふいた。驚きで動けないでいると、賢は片頬を引き上げる。

え、なに。なんなの急に。

「美輝は、町田が嫌いなんじゃなくて、ただ嫉妬してるだけだから、雅人に悪く言えないんだよ。自分でもわかってんだろ。雅人に対しては特に、美輝は誠実でいようとするからな」

「わ、わかったようなこと言わないでよ。わたしは町田さんのことよく知らないだけ。知らないから、言えないだけ」

ムキになっている自覚がある。

っていうかわたしは今、なにに対してあたふたしているのだろう。

「美輝は、雅人が同じようなことしたら、疑うか？」

賢に投げかけられた質問に、言葉がつまった。

雅人が、彼女がいるのにほかの女の子と一緒に出かけたとしたら。想像してみたけれど、それを、浮気だとかやましいことがあるんだ、とは思えなかった。雅人のことだ、なにか理由があるはずだ、と思うだろう。

「……疑わないけど、でも、不安は残る」

悪い想像はいくらでもできる。その想像を自分で一蹴することができたとしても、何度も何度も、それを繰り返すだろう。

「信じていても、裏切られることもあるし」

――お父さんみたいに。

わたしの心の声が聞こえたのか、賢が「父親に生前、なんかひどいことされたのか？」と訊いてきた。

浮気していたかもしれない状態でなにも言わず死んでしまったこと以外には、

「されてない」

と答える。

「やさしかったんだろ」

「うん。誰よりも、やさしかった」

お母さんに怒られていると、庇ってくれるのはいつもお父さんだった。歩くときはいつも手をつないでくれたし、誕生日にはいつもわたしの欲しいものをプレゼントしてくれたし、帰りの早い日は何種類ものケーキを買ってきて、『全部美輝のだ』と言うのがいつものことだった。

わたしにだけじゃない。お母さんの誕生日だって、いつもプレゼントをあげていたことを知っている。仲がよくて、お母さんに怒られたら落ちこんでわたしのそばにやってきたこともある。

お父さんはわたしも、お母さんも、大事にしてくれた。お父さんからはいつだって愛情を感じていた。やさしかった。大好きだった。

でも、それは幼いときの記憶だ。

わたしが大きくなるにつれて、お父さんは仕事が忙しいという理由で帰宅が遅くなりはじめた。会話が減った。わたしに笑顔を見せてくれなくなり、わたしもお父さんに話しかけることがなくなった。

きっと、あの頃から、お父さんは昔の約束なんて忘れてしまっていたのだろう。

そして、わたしも、忘れていた。

「……許せないの。大好きだったからこそ」

裏切ったこと、先にいなくなってしまったこと——そして、わたし自身を。

お父さんのやさしさに甘えて、夜遅くにしか帰ってことないことにも、休日に仕事に行くことが多くなったことにも、なんの疑問も抱かなかった自分を、許せない。

「そばにいるって、言ったのに……。お父さんも、雅人も、ずっと、一緒にいるって、言ったのに」

どうして、そばにいないの。

どうしてほかに大事なひとを作って離れてしまうの。

思い切り責めることができれば、お父さんの口から言い訳を聞くことができていたら、こんなに苦しまなくて済んだ。お母さんがあんなふうに泣くことだってなかった。

生きててほしかった。なんでもいいから、生きていてほしかった。大嫌いだけど、大嫌いな気持ちを伝えることもできないなんて、悔しすぎる。

そしてできれば——美輝のそばにいるよ、って笑顔で言ってほしい。生きて、そばで、もう一度わたしを抱きしめてほしい。

自分がそんなふうに思っていたことに、今、初めて気がついた。

行き場のないその思いを、わたしは雅人に向けていた。雅人から向けられた笑顔に、わたしはお父さんの笑顔を重ねていた。

雅人を信じることで、お父さんとの記憶は真実だと思えるようになりたかった。理由があったのだと、お父さんはわたしたちが大事だったと信じていたかった。

なんて、自分勝手な思考だ。自分ひとりではなにもできない甘ったれだ。

「なんで、雅人は……あんなに信じられるの」

「雅人だからだろ」

迷いなく賢が答えてくれて、「だね」と苦く笑う。

雅人は、わたしみたいに意地っ張りでも、頑固でも、ひねくれてもいない。誰に対しても、町田さんに対しても、素直に思ったまま感じるまま接してきたはずだ。だから、同じように相手からの気持ちも受け取ることができる。

わたしがいまだにお父さんに対して悶々とした気持ちを抱えているのは、会話が減り、顔を会わせることが少なくなり、次第にかかわっていった関係の中で、自分がお父さんとちゃんと向き合っていなかったからだ。

「でも不安な気持ちはあるんじゃないか？　それでも信じようとしてるんじゃねえの」

「すごいよ。わたしには無理」

「美輝がいるからだろ」

「へ？」

不意に出てきたわたしの名前に、賢と目を合わせる。

「美輝が泣かずにいたから、美輝にかっこ悪いところは見せたくないんだろ」

「なに、それ」

ふとしたときにお父さんのことを思い出して泣きたくなったことは何度もある。

ただ、雅人に泣いている姿を見られたくなかった。雅人にはいつも笑っていてほしかった。

わたしが泣かないでいられたのは、そばにいた雅人の笑顔のおかげだった。

ふるふると頭を振りながら「違う」「強くない」と否定をするけれど、賢は「美輝がそう思っていても」と言葉を続ける。

「美輝が今まで雅人にしてきたことを、雅人はそれなりに感じてて、だから、頑張ってるんだろ。そのくらい、美輝は雅人にとって特別ってことだよ」

賢が真面目な顔をして、わたしをまっすぐに見つめる。

――特別。

言葉を反芻すると、目の前でなにかが弾けたような衝撃を受けて、視界が涙で歪む。

うれしい気持ちと、そんなもの望んでいないと思う気持ちが入り混じって溢れる涙の理由が、自分にもわからなかった。

さっき枯れ果てたと思ったのに、わたしはまだ泣くことができたらしい。

「雅人は、今美輝のそばにいるよ。町田と付き合ってるからって、美輝のそばから離れることはねえよ」

「でも……かわるんだよね」

うれしいからこそ、それがこの先失われていくのかと思うと、複雑な気持ちになる。

「かわらない関係なんて、ないだろ」

だからこそ、かわらない関係を、わたしは欲していた。

「かわらないものなんてねえよ。雅人も、美輝も、オレも」

生きてるんだからさ、とささやくような小さな声で賢がつけ足す。そして、

「かわらないなんて面白くないだろ。時間が経てばひとの思いも人間関係も、かわっていくよ。それでも雅人は美輝のそばにいる。かわっていく中でも、それはかわっていないんだから、むしろうれしいだろ」

「……うん」

「それとも美輝は、雅人がお前を特別に思ってんのがわかんねえの？」

「わかってるよ、そん、なの……！」

大事にされていることはわかっている。わたしは雅人にとって特別な存在だって、知っている。だってわたしも同じように思っているんだから。

わたしだけを見てほしかった。わたし以外を大事にしてほしくなかった。

でも、それは恋愛感情じゃないし、幼馴染みに対する感情でもない。わたしは、雅人を失われた家族のかわりにしただけだ。

雅人の変化に文句を言いながら、自分が一番雅人への思いを歪ませていたんだ。

わたしだって、かわっているくせに。自分をごまかし続けて、雅人を縛ろうとした。

歯を食いしばって賢を見ると、彼は、なに、と言いたげに首を小さく傾けた。

こんなにもかっこ悪いわたしを賢は受け止めてくれるんだ、と思うと、みぞおちがしぼられるような感覚に襲われた。これ以上賢の顔を見ていたら、胸に飛びこんでしまいたくなりそうで、目を閉じ俯く。

かわらないことに固執して、自分の気持ちにもずっと蓋をし続けた。

かわったのは雅人じゃなくて、自分のくせに。雅人や町田さんのせいにして、気づかないフリをして、同じであろうとし続けた。

そんなことできるはずもないのに。

「でも、大事だったんだよ……」

それでも、雅人を大事に思う、特別に思う気持ちは、今も本物だ。

「雅人は、美輝がなにをしたって嫌いになることはないし、美輝になにかあれば飛んでくるだろ。〝ずっと〟そばにいてくれてるじゃねえか」

「……わか、わかってるよ！　もう！　知ってるし！　賢に言われなくてもわたしが一番知ってるし！」

「逆ギレすんなよ」

わっと大きな声を出すと、感情が溢れて止まらなくなる。さっきたっぷり泣いたはずなのに、信じられないくらいの涙がぼとぼとこぼれ落ちてきた。嗚咽《おえつ》が漏れて、目を開けていられない。

そうだよ。雅人は、そばにいてくれている。環境や行動がかわってしまったとしても、雅人がわたしを大事に思ってくれている気持ちはかわらない。そんな雅人を誰よりも知っているのはわたしだから、知っていて当たり前だ。

雅人のかわらないやさしさを思い出すと息が苦しくなってきて、歯を食いしばることもできなくなり――わたしはわあわあと子どものように声を上げて泣いた。

賢はそんなわたしの肩を引き寄せて、なだめるように、もしくはもっと泣けと言っているように、背中をポンポンとやさしく撫でるように叩いてくれた。

一気に泣いたからか、涙が止まるのもそれほど時間はかからなかった。

はあーっと息を吐き出して、目に溜まった最後の涙を拭い顔を上げる。すぐそばに賢の顔があり、びくりと体が震えた。わたしをじっと見つめていたらしく、至近距離で目が合うと、呼吸の仕方を忘れてしまう。

「……すげえ汚ねえ顔」

真面目な顔で賢が言った。

「いって！　叩くなよ！」

「デリカシーがない！」

バシバシと賢の腕を叩くと、賢は体をよじって笑う。

雅人とは違う賢の笑顔は、安心する。そして、気持ちが軽くなる。

「あー……もう、恥ずかしいなあ……」

「スッキリしただろ。まああんなに大泣きするとは思ってなかったけど」

「……ありがとう」

瞼にはまだ熱が残ってて腫れぼったい。だけど、気持ちはだいぶ軽くなった。こんなふうに泣けて、よかったのかもしれない。人前で泣くなんて数年ぶりだ。ひとりで布団の中で泣くのとは全然違う。

「賢がいてくれなかったら、泣けなかっただろうな」

「オレでよけりゃいつでも泣かせてやるよ」

できたらこれっきりがいいなあと、したり顔をした賢を見て思った。でも、なんとなく賢の前ではこれからも泣いてしまうだろうなという予感も抱く。賢は、泣いているわたしを決して哀れむことがないからだ。

「美輝は溜めこみすぎるんだよ」

そうかなあ。我慢することはあるけど、溜まってたのかな。

でもあれだけ泣いたってことは、賢の言っていることが正しいからだろう。

「賢は、ひとが泣くの面倒だったんじゃないの?」

「面倒だよ。慰めなくていいんだなって知ってからは前ほどいやじゃねえけど、面倒なのはかわんないな。でも、美輝のことは面倒とは思わねえよ」

胸に甘い痛みが広がって、賢の顔を見ていられなくなる。

「な、んで」

ドキドキしながら理由を聞くと、

「美輝はそう簡単に泣かないから」

と説明してくれる。

……それって、どう受け取ればいいのか。

「オレがどれだけ泣けばって言っても、美輝はなかなか泣かないだろ」

「まあ、そうか、な」

賢のそばだと泣いてしまいそうだけどな、と思うと同時に、だからこそ我慢するだろうな、とも思った。

「だから、美輝が泣きたいときに泣けないとか、そういうときにオレが泣ける場所になるのは悪くないな」

うん、と頷く。わたしも去年、賢に対して同じようなことを思った。わたしがいることで泣けるのであれば、わたしはいつまでもとなりにいようと思った。

「だから、泣きたいときは呼んでもいいぞ」

「……賢がやさしいの変な感じ」

「オレはいつでもやさしいだろが」

こつりと頭を小突かれて、今度はわたしがケラケラと笑った。そんなわたしを見ながら賢が「そうやって笑ってろ」と、またやさしいことを言う。

泣いているよりも笑っているほうがいい。

でも、泣いたあとでだって、笑うことができるんだ。

時間は夜九時半を回っていて、さすがに賢が「帰るか」と立ち上がり背を伸ばした。わたしも腰を上げて首を反らした。空にはいくつかの星が輝いている。夜が深まるごとに光を増していく星たちがいくつも浮かんでいる。

「……死んだら星になるんだって」

「は？　なるわけないだろ」

瞬時に否定される。いや、そうだけど。わかってるけど。

「星になったって、今見える星は何万年か前の光だったりするんだろ？　意味ねえじゃん」

賢らしい発想だ。ほんとだね、と言ってもう一度空を見上げた。

「もしも本当に星になって残してきた大事なひとを見ることができたとしても、一生触れられないなら、意地でも生きてそばにいるほうがいいなあ、オレは」

「……そう思ったら、死んじゃったお父さんも、悲しんでいるかもね」

真上にある星は、ただの光だ。触れることはできない。星は上から見下ろすだけだし、わたしたちは、たまに、上を見上げるだけ。

前でも、横でもない。

「星って、嫌いだった。星空は、死を連想させるから、大嫌いだった」

星を見ると必ずお父さんの死を思い出してしまう。でも、お父さんは星になったわけじゃない。ただ、死んだだけ。きれいななにかになったわけじゃない。だから、星は嫌いだった。

「でも、きれいだよね」

今日はいつもよりも素直な気持ちであの光を受け止めることができる。お父さんとの楽しかった思い出が蘇る。星の光は、過去になって、思い出になって、空から降っているのかもしれない。なんて、ロマンチックなことを考えて、ひとり恥ずかしくなった。

　こんなことを思うようになるなんて、自分でも信じられない。

　それが、泣いたからだということは、間違いないだろう。

「じゃあ、気をつけて帰れよ」

「賢も気をつけてよ」

　マンションの入り口が見える場所まで一緒に歩いてから、手を振って別れようとした。そのとき、賢がなにかに気づいてわたしの体を引き寄せる。

「な、なに」

　驚いて問いかけるけれど、賢はなにも言わずに木の陰に隠れてマンションのエントランスのほうを見る。なんなんだとわたしも振り返ると、ちょうどそこから雅人が飛び出してきた。

　わたしと賢がいることに気づかず、雅人は全力疾走してどこかに向かっている。

　……こんな時間に、どこに？

　あっという間に小さくなる雅人の後ろ姿に、いやな予感がよぎる。

　追いかけたい、雅人のそばに、いたい。だけど、それをしていいのかわからなくて、足が動かない。

　賢がポケットからスマホを出して、電話をかけた。相手はたぶん、雅人だ。だけどちょっとしてから「留守電になった」と舌打ち交じりに電話を切って再びポケットに戻す。そして、わたしの手をぎゅっと握りしめて雅人の走り去っていった方向に歩きだした。

「け、賢」

「そばに、いたいんだろ。行くぞ」

「……う、ん」

賢に引かれ、雅人のあとを追いかける。バス停のある方向だ。けれど、賢の姿はもう見えない。バスに乗ったのかタクシーに乗りのんだのかも、わからない。

心臓が早鐘を打ち、苦しくなって賢の手をぎゅっと握りしめた。賢の手にも力が込められる。

「家、連絡しとけよ」

「う、ん」

スマホを取り出して、震える手でゆっくりとお母さんにメッセージを送った。

ふと空を仰ぐと、さっきまで真っ暗だと思っていたはずの頭上の空が、やけに明るいような気がして心がざわついた。

星空はいらない

タクシーがやってきたら乗りこむつもりだったけれど、先にバスがやってきたので
わたしたちはそれに乗った。

夜遅いバスの車内にはほとんど乗客がおらず、さびしげだ。朝と違って静まりかえっていて、わたしの心臓の音が響いているんじゃないかと思えるほどだった。

雅人は、先のバスに乗ったのだろうか。やっぱり、病院に向かったんだろうか。

こんな時間に、あんな慌てた様子で出かける場所はほかにない。

バスの中でもわたしと賢は手をつないだままだった。この手を離してしまうと、奈落の底に突き落とされそうな気がして、しっかりと握りしめたままバスに揺られる。

なにもなければいい。

できれば雅人が向かったのが病院ではなく、友だちの家とかで。走っていたから賢の電話に気づかなかっただけなんだと笑って連絡が入ればいい。もし、病院だとすれば――ちょっと大げさになっただけで、なにごともなければいい。

そう思うのは、町田さんを心配しているからなのか、雅人を心配してなのかは、まだよくわからないけれど。

だけど、今までよりずっと強く、町田さんの無事を祈った。

賢はバスを降りたタイミングや、電車を待っているあいだも雅人に連絡を入れていたけれど、スマホは一度もつながらなかったようだ。

夜の病院は、とても薄暗く、異様な空気が立ちこめていた。

最初に来た時間よりも遅い時間だからか、正面玄関は閉まっていた。どうやって中に入ればいいのかそばにいたガードマンのひとに声をかけて入り口を訊き、裏口に案内してもらう。そして、今までと同じ病棟の三階に向かった。

病院の中は明るいのに薄暗い。ひとの気配が少ないからか、異次元に迷いこんだのではないかと思うほど異様な空気が取り巻いている。

わたしと賢の足音が、やけに大きく響いた。

心臓の音が耳のすぐそばから聞こえてくる。

「……賢」

「ん」

エレベーターに乗って、となりの賢に呼びかける。

それに対して賢はなんとも言えないような返事をした。

賢の名前を呼んだものの会話があるわけではなく、賢もなにも言わなかった。ただ、つながる手に、お互い力がこもる。

先日と同じように、待合室のような場所で雅人とおばさんとおじさんがソファに座っていた。初めてこの病院に来たとき以上に、空気がぴんと張りつめていて、わたしの体に、ずしりと重いなにかが乗しかかる。

賢と目を合わせると、彼はなにも言わずに頷いてわたしの手を放した。それなのに、背中を押してくれているような心強さを感じる。

そろそろと雅人に近づく。

「……ま、雅人」

恐る恐る呼びかけた声はとても小さかった。けれど、雅人はそれに気づいてゆっくりとわたしのほうを向く。

表情は、暗い。青白い顔に、真っ赤な瞳。今にも泣き出しそうな表情だった。なにかひとつでも行動をまちがえてしまえば、壊れて崩れてしまいそうな気がした。

「え、あ……美輝、賢……なんで、ここに？」

「雅人が、走って行くのを見かけて……町田さんに、なにかあったの？」

「え、あ……なんか……よくわかんないけど、ちょっと……」

雅人はそわそわと、そばにいるおばさんとおじさんの様子を窺う。ふたりは突然やってきたわたしたちに会釈をするだけだった。わたしたちに声をかける余裕もない状態なのだとわかり、心臓がバクバクと不穏な音を鳴らす。

雅人はゆっくりと立ち上がり、「こっちで話そう」と廊下を歩きはじめた。わたしと賢は雅人のあとを黙ってついていく。

着いたのは談話室というプレートのある、誰もいない静かで薄暗い場所だった。そこで、わたしと賢と雅人の三人は机を囲む。

「どうしてここに……？　って、ああ、電話くれてたんだな、気づかなかった」

ポケットからスマホを取り出して、雅人がへらりと笑う。

「悪い、押しかけたみたいになったな」

賢が申し訳なさそうに目を伏せると、賢は「心配してくれたんだろ」と首を横に振って「ありがと」と言った。

「おばさんから連絡が来てさ、きみちゃん、ちょっと容態が悪化したみたいなんだ。一応、命が危ないとかってわけじゃ……たぶん、ないと思う、けど」

無理に笑みを作った状態で雅人が説明してくれたけれど、語尾はどんどん小さくなっていく。

おばさんとおじさんの表情は、かなり不安そうだった。それに、雅人を呼び出したってことは結構危ない、のかもしれない。夕方には明るい口調で町田さんが目覚めたのだと、雅人は話していたはずなのに。

なんで、こんなことに。どうして。

「雅人……」

「いや、大丈夫、大丈夫……」

わたしの言葉を遮り、雅人が何度も〝大丈夫〟を繰り返す。それは、雅人が自分に言い聞かせている言葉だろう。

「……ほんと、わかんないよな」

雅人は両目を右手で覆い、そのまま前髪をかきあげる。雅人の声は震えていて、今にも泣き出しそうだった。見ているだけで、聞いているだけで、わたしまで胸が苦しくなり泣きたくなるくらい、悲痛な声だった。

そんな顔しないで。笑っていてほしい。雅人には笑っていてほしい。

だけど、泣きたいのなら泣いてもいい。わたしはずっとそばにいる。思いきり泣いて、そして、そのあとで笑ってほしい。

それは、雅人にお父さんを重ねているから思うんじゃない。

わたしが、雅人の笑顔が好きだから。大事なひとには、幸せでいてほしい。そう思うからだ。

「この前まで、一緒にいたのに……今日も目覚めたし、今だってきみちゃんは頑張ってるのに、なんか、よくないことばっかり想像しちゃって……」

机の上に置かれた雅人の手が、ぐっと拳を作って小刻みに震える。

「まさ――……」

沈んだ姿の雅人に、手を伸ばした。その手の震えを、少しでも止めることができたら、と思った。

けれど、雅人はわたしの手を避けるように自分の手を引いた。

「大丈夫だから」

なんで。

泣きたいくせに、弱音を吐きたいくせに。なんでそんなふうに強がるの。

雅人はわたしより泣き虫だった。転んだとき、泣くのはいつも雅人だった。両親や先生に怒られたときだって、いつも泣いていた。わたしが転んだときでさえ、泣くのは雅人だった。

だけど、それは随分前の記憶だ。

気がつけば雅人は、いつも笑っていた。もちろん、泣くようなことがなかっただけかもしれないけれど、それでも、ここ数年は泣いている姿を見ていない。

だからって、今は笑わなくってもいいのに。

そんなこと、しなくてもいい。

「まさ……」

「ごめ、ちょっと……トイレ」

ふるふると顔を振って、雅人が立ち上がった。

「美輝、今は……泣くなよ」

となりにいた賢の台詞に、自分がひどい顔をしているのだと気づく。

「今は、泣かせてやれない」

「……なに、それ」

そんなの求めないいし。そう軽口を返そうとしたら視界がぐにゃりと歪んで慌てて瞼を閉じた。賢はそれに気づかないフリをして黙ってとなりにいてくれた。

今わたしが泣いたら、雅人はますます泣けなくなるだろう。だから、泣いちゃだめだ。今までそうやって耐えてきた。この最悪な状況で泣いたら台無しだ。

本当に、わたしってなにもできないいんだな。

雅人に頼ってもらいたいのに、今のわたしは自分すらも支えられていない。当然、雅人にとって、泣ける場所になることもできない。

わたしって、むしろ、邪魔なんじゃないだろうか。

だって、わたしがいるせいで、雅人は無理をし、我慢をしている気がする。

唇を噛んで必死に涙を呑みこみ深呼吸を繰り返す。

両手で口元を覆い、なんとか心を落ち着かせる。

しばらく自分の気持ちを整えるのに必死で気づかなかったけれど、いつまで経っても雅人が戻ってくる気配がない。もう十分以上は経ったはずだ。

賢と顔を見合わせると、「ちょっと見てくるから待ってて」と言って立ち上がり、わたしを置いて談話室から出ていった。情けない思いを抱きながらふたりが戻ってくるのを待つ。

けれど、なかなかふたりは戻ってこない。

賢まで戻ってこないなんて、どうしたのだろう。

不安が胸に広がり、立ち上がる。そばにあった地図でトイレの場所を確認し、廊下を突き当たりまで進んで右に曲がる。病院独特の匂いが充満する廊下を歩いていくと、突き当たりのトイレの前で賢が壁にもたれかかっているのを見つけた。

そして、

「――な、んで」

雅人の声が、どこからか聞こえてきて足が止まる。

わたしに気がついた賢が、首を左右に振ってわたしが近づくのを止めた。

「なんで……きみ、ちゃん……」

小さな声なのに、病院の端から端まで響き渡っているんじゃないかと思った。感情を抑えようとして、けれど、抑え切れなくて震える声だ。

「お願いだから……歩けなくても、動けなくてもいいから……っ！　死なないで……、俺に、文句のひとつくらい……言わせて、よ」

泣いている。雅人が、ひとりで。それでも涙を堪えながら声を絞り出している。わたしにも賢にも見えない場所で。

わたしには、なにもできない。雅人のそばに駆け寄って抱きしめることも、慰めることも、涙を拭ってあげることもできない。そばにいることさえ、できない。

――雅人がそれを望んでいないから。

足元が不安定に揺れる。

ぐわんぐわんと世界が回る。

わたしは、本当になにもできない。雅人を笑顔にすることも、落涙させることも。

わたしが雅人と一緒にいると涙を呑みこむように、雅人もわたしのそばでは必死に堪えてしまうんだ。

……本当に、なにもできないの。

あんなにわたしは雅人に救ってもらったのに。

あの日、わたしに手を差し伸べてくれた雅人に対して、わたしはこんな場所でもらい泣きを我慢して過ごすことしかできないの。

――『冴橋さんには、笑うんだね』

不意に、町田さんの声が聞こえてきた気がした。

今のわたしにできることは。

そばにいなくても、雅人を助けるには。

もう、雅人が隠れて泣かなくていいように。

雅人が、心から笑ってくれるために。


踵を返して、地面を蹴る。

「……、美輝……!?」

賢が声をかけてきたのは聞こえたけれど、立ち止まることも振り返ることもなく、駆け出した。この広い病院のどこかにいる、彼女を探すために。

廊下を走っていると、病院内では走らないで、という注意書きが見えたけれど、そんなもの関係ない。それどころじゃない。

一秒でも早くわたしは、彼女を見つけなければいけない。

夜だからか廊下にはあまりひとはいなかった。そのかわりわたしの足音が大きな音で響き、途中で出会った看護師さんが驚き、わたしに声を荒らげた。けれど、それを無視して走る。

今のわたしにできることは、これだけしかないから。

必死に足を動かし、病院内を見回しながら走る。

「美輝、ちょっと待て！」

背後から腕を掴まれて足が止まった。

わたしを追いかけてきた賢が、肩を上下に揺らしてわたしを引き止める。

「話なら、あ、あとで聞くから、今ははやく探さないとだめなの。放して」

「なにを探すんだよ」

「町田さんを！」

賢は「は？」と眉間にシワを寄せた。

そう思われるのは当然だ。わたしが賢の立場だったら同じように思うだろう。だって、町田さんは今、眠っているのだから。町田さんが目覚めるのを、みんなが待っている状態なのだから。

でも、それを賢に説明している暇はない。

町田さんはまだ生きている。治療をしているあいだは、死んだわけじゃない。生きているけれど目を覚ましていない状態ならば、町田さんは必ずこの病院のどこかにいるはずだ。苦しんでいる雅人がいるこの場所から、離れた場所にいるはずがない。でなければ、本気でわたしは町田さんを許しはしない。

「ごめん、急いでるの」

とにかく今は、一刻も早く町田さんを見つけなければ。

賢の引き止める手を振り払って、再び廊下を走りはじめた。

必ず近くにいると思っているけれど、病院内は広い。どこをどうやって探せばいいのだろう。今までは雅人のそばにいたけれど、今日は見かけていない。

病室とか？　でも眠っている自分のそばに町田さんは居続けるだろうか。

わたしの家に向かった――なんてことはないだろう。

かといってまったく関係のない病棟にいるのも、おかしいと思う。

だめだ、わからない。病院にいるはずなのに、病院のどこにいるのかはさっぱり見当がつかない。

なんで、こんなときにそばにいないのよ！

今まで鬱陶しいくらいそばにいたくせに！

夜の病院に、わたしが走る音と、荒い呼吸音が響く。

手当たり次第に階段を上ったり、渡り廊下を通ったりしているからか、今自分が病院のどこにいるのかわからなくなってきた。そのうえ、どこも似たような雰囲気で、何度も同じ場所に来ているような気になる。

ずっと全力で院内を駆け回っていると、さらに呼吸が乱れて息苦しくなってきた。走る速度も落ちる。足が上がらない。前に進まない。休んでいる暇なんてないのに。

「どこ、行ったのよ」

廊下で、壁に手をついて、息を整える。

このまま闇雲に走っていては、埒《らち》があかない。時間が経つにつれて焦りと不安がむくむくと膨れ上がってくる。この場所で大声で名前を呼んだら出てきてくれたりしないだろうか。でも、さすがにそれはまわりに迷惑をかけてしまう。わたしだけが怒られるならいいけれど、雅人まで被害を受けるかもしれない。

もしかすると、ここにいないのかもしれない、とさっきまでは確信していたことにまで疑いを抱く。かといって、ほかに思いつく場所はない。

わたしなら、絶対好きな人のそばを離れないのに。

——わたしなら。

ふうふうと息を整えながら、顔を上げる。となりには窓がある。その先には暗闇が広がっていた。

星が瞬く空。

あまりにきれいなその光景に、思わず目を奪われる。

まるで、星が降ってきそうだ、と思った。それが、怖いとも思った。目をそらしたくなるほど煌く星空は、町田さんを迎えに来たみたいな気がして全身に震えが走る。

そして、残っている力を振り絞り、床を思い切り蹴って再び駆け出した。

「町田さん！」

大きな音を出して、病院の屋上のドアを開けた。

近くで院内の案内図を探して、やっとたどり着いた屋上には生ぬるい風が吹いている。高いフェンスでまわりが囲まれていて、そのほかにはなにもない、だだっ広いだけの場所だ。誰の姿も見当たらない。

「町田さん！　どこにいるの！　出てきてよ！」

それでも力の限り叫び続けた。乱れた息で、彼女の名前を呼ぶ。それしかできないから、それだけを一生懸命に。

ぐるりと一周しながら名前を呼び続けるけれど、なんの反応もない。わたしの声が夜空に吸いこまれていくだけだ。

真ん中で足を止めて、ぜえぜえと肩で息をしながらうなだれた。体中から汗が噴き出ている。額から流れてきた汗がぽつりとコンクリートに落ちてシミを作る。

絶対どこかに、この声が聞こえる場所に町田さんがいるはずなのに。

死んだら、星になるんだってことを、雅人は町田さんにも言っていた。わたしのお父さんのことを、そう言っていた。だから、町田さんがいるとしたらここしか考えられない。わたしだったら、ここに来る。

……と、思ったのに！

ここにいなかったらもう知るもんか。

雅人のそばにいないで、勝手に拗ねた町田さんのことなんて認めてやらない。目が覚めたら思い切り罵倒してやる。

だから、お願いだから出てきてよ。

「……っ町田、さん！」

「うるっさいなあ」

不機嫌な声が頭上から聞こえてきて、勢いよく顔を上げた。

町田さんは、階段へと続くドアのある壁の上から顔を出してわたしを見ていた。

やっぱりここにいた。

彼女を見つけたことに安堵したものの、こんなところに隠れていることに苛立ちも浮かぶ。

「さ、さっさと出てきてよ！」

「なんなのよもう」

怒りを滲ませて彼女を見上げると、町田さんは気だるそうに体を起こし、ひょいっとわたしの立つコンクリートの上に降り立つ。

それは、重さを感じない、軽いジャンプだった。なんの音も響かせない、まるで天使が舞い降りてきたみたいなきれいな着地に、息を呑む。

「なにしに来たのよ。私のこと大嫌いのくせに」

ふんと鼻を鳴らして町田さんがわたしに一歩近づく。

「町田さんを呼びに来たのよ。早く自分の体に戻って目を覚ましてよ。なんでこんなところで遊んでんの。今日一度目を覚ましたんでしょう？」

ドアを指さしながら自分の体に戻るよう訴えるけれど、町田さんは面倒くさそうに腕を組んで、大きな双眼を細めてわたしを捉えたまま微動だにしない。

なにをしているのかと、イライラする。

今の自分の状況がわかっていないのだろうか。

「……死ぬかも、しれないんだよ？」

そんなのわかってる、と言いたげに彼女の唇が弧を描いた。

「私さあ、起きたときのことを今は覚えてるんだけど、今のこの状況のことを、起きたときは忘れてたんだよね」

それはつまり、幽霊もどきのあいだの記憶がない、ということだろう。

「だから、なんなの」

別に覚えておくべきことなんてなにもない。ただ、わたしとケンカしただけだ。

怪訝な顔を見せると、町田さんはまた一歩、わたしに近づいてきた。真夏の風が彼女の髪の毛をふわりと揺らして過ぎ去っていく。そのまま彼女まで飛んでいきそうだ。

呼吸がやっと整い、体が少し楽になった。腕で顔の汗を拭いながら、彼女がやってくるのを待つ。

町田さんはわたしの横を通り過ぎて、フェンスに近づいた。あとを追いかけるようにわたしもついていき、彼女のとなりに並ぶ。

彼女の横顔はとてもきれいだった。だからこそ、怖かった。

このまま夜空に溶けてしまうんじゃないかと、そんな気持ちにさせる。

「死んだら、星になるんだってね」

彼女の小さな声は、じめっとしたこの空気の中を、虚しく漂う。

「私も、死んだらきれいな星になるのかな」

「……なるわけ、ないでしょ」

「冷たいなあ。そんなに私のことが嫌いなの？」

そうじゃない。大嫌いだけど、消えてほしいくらい大嫌いだったけれど、でも、それは関係のないことだ。

「死んだら、星になるなんてきれいごとだよ。死んだら消えるだけ」

「でも……きれいな思い出になれる」

「記憶に残ってどうしたいの？　ああ、あの頃は楽しかったなあって思い出してもらいたいの？」

あまりにばかばかしい発言に、鼻で笑ってしまった。

「そんな思い出になったところで、なんの意味もないよ。結局残されたひとは死んだひとを置いて生きていくんだから」

記憶はなくならない。記憶は思い出になって、つらかったり、悲しかったり、うれしかったり、そんな思いが蘇る。

それはそれで、きれいなことかもしれない。

だけどそれだけだ。

いつまでもそれにとらわれているわけにはいかない。どれだけ時間がかかろうとも、いつかはそこから抜け出さなくちゃいけない。

残されたひとは、死んだひとと一緒に生きてはいけないから。

どんなにお父さんのことを許せなくても、会いたくても、会えない。苦しくても、未練があったとしても、それは生きているわたしたちでなんとかするしかない。ときどき泣いたり、笑ったりしながら踏ん切りをつけて、進むしかない。

そこに死んだ人間は関われない。

わたしとお母さんが、ふたりで生きてきたこの数年間に、お父さんの存在は一切ないように。何度お父さんを思い出しても、共に生きた証にはならない。

「町田さんは雅人の思い出だけの存在になりたいの？」

「……それでも、いいかもしれない」

ぼんやりと答える町田さんに、イラッとしてフェンスに拳を叩きつけた。

「あんたがよくても、わたしが許さないんだから！」

諦めたように笑った町田さんに、怒りが爆発する。

そんなものにさせてたまるか。町田さんが思い出になるなんて、誰も望んでない。

「あんたが星になるっていうなら、そんな星わたしが壊してやる！」

「……なに言ってるの？」

町田さん本人がそれを望んでいたとしても。


「あんたが死ぬなんて一〇〇年早いのよ！」


星になんてならない。させない。

でも、もしもそうなるのなら、わたしがその星を何度でも壊してみせる。壊して、なにがなんでも生きてもらう。意地でも生きてもらう。

死んだひとが星になるというのなら、この世に星なんてひとつもなくていい。暗闇に包まれていればいい。

「なにおかしなこと言ってんのよ。冴橋さんだって私がいないほうがいいでしょ。私がいなければ雅人くんとまた一緒にいられるんだから」

「町田さんがいたって、わたしは雅人と一緒にいられるし」

「ただの幼馴染みとしてでしょ。私がいなければ彼女になれるかもしれないじゃない」

そう言いながら、彼女の頬に光の筋が流れた。

「町田さんこそ、泣きながら、なに言ってんのよ」

ぼろぼろと涙をこぼしながら、強がる町田さんにわたしはほとほと呆れてしまう。

泣くほどいやなら口にしなければいいのに。自分で言い出したくせに。生きたいくせに、死にたくないくせに。雅人のそばに、居続けたいと思っているくせに。

だから、今もここにいるんじゃないの。

雅人が、自分のせいで苦しんでいる姿を見ることができない。かといって遠く離れた場所に行くこともできない。そのくらい、雅人のことが大好きなことを、わたしは知っている。

「雅人のこと、本気で、好きなんでしょ」

たぶん、そのことをこの世で最もよく知っているのは雅人だろう。

わたしはずっと、雅人のそばで、雅人を見ていたのだ。だから、知っている。気づきたくないのに、気づいてしまうのだ。

町田さんは決して、雅人の顔が好きなだけで付き合っているわけじゃない。きっかけは知らないけれど、町田さんはむしろ、雅人の性格のほうを愛しく思っているはずだ。そのことを、わたしはかなり前から気づいていた。

町田さんは、噂では誰とでも付き合う、と言っていたけれど、町田さんから告白した、という話はひとつもなかった。次から次へと付き合っていたのは、ただ、告白してきたひとと付き合っていただけだろう。

町田さんは、雅人との朝の待ち合わせに遅刻してきたことは一度もなかった。日に焼けるのを気にするくせに、影のない待ち合わせ場所に先に着いて待っていた。

雅人の姿を見つけた町田さんは本当にうれしそうに歯を見せて笑っていた。

わたしも雅人が大好きだからこそ、雅人に向ける彼女の笑みにどれだけの愛情が詰まっているかってことくらいすぐに見抜くことができた。

なにより、そんな女の子でなければ、雅人が好きになるはずがないんだ。

本当に雅人のことが好きなんだと思っていた。

だから、町田さんのことが嫌いだった。

だって悔しいじゃない。十六年も一緒にいたわたしだけが知っていた雅人のいいところを、たった数ヶ月前に出会った町田さんも気づいているなんて。

町田さんがわたしと同じだから、嫌いだった。

「雅人が好きなら、生きてよ」

服の裾をぎゅっと握りしめながら、町田さんに訴える。

町田さんはフェンスをぎゅっと握りしめる。けれど、フェンスはほんのわずかでも軋むことがない。

「だって……生きるの、は、怖い」

彼女は歯を食いしばり、大粒の涙をぼろぼろとこぼしながら小さな声で呟く。そして、崩れ落ちるようにぺたりとその場に座りこんだ。

「私、障害が、残るんだって……」

雅人も同じことを言っていた。

「もしかしたら、もう、動けないかも。歩けないかも……。もしかしたら話せないかもしれない。記憶も、なくなっているかもしれない」

嗚咽を漏らしながら、町田さんが話す。

その声は、今までの町田さんからは想像もできないほど、弱々しかった。

ずっと強がっているような気はしていたけれど、本当の彼女はわたしの想像も及ばないほどの恐怖を抱いていたのだろう。ずっと笑っていたけれど、ずっと憎まれ口をきいていたけれど、不安でいっぱいだったのだろう。

「雅人くんに、迷惑かけたくない！　家族に、迷惑かけて生きるのは、怖い！」

彼女のむき出しの感情に、胸がビリビリと震える。

わたしだったら……どうするんだろう。

かける言葉が見当たらなくて、とりあえず彼女と視線を合わせるようにわたしもしゃがむ。

「そんなことになるなら、目が覚めても付き合ってなんていられない。ううん、目覚めたくなんかない」

――『目が覚めたら、どうせ私たち、別れるし』

あの言葉に込められたのは、そういう意味だったのか。本当は別れるのがいやだから、それならいっそこのまま目覚めたくないと、そう思っていたのか。

涙が溢れないように、息を大きく吸いこんで、瞼を閉じた。

気持ちはわかる。わたしが町田さんの立場でも、きっと同じような不安を抱くだろうと思う。

でも……わたしは町田さんじゃない。

わたしは、雅人の幼馴染み。

だから。

「町田さんがいなくなって、雅人が誰かと付き合って好きになって、本当にそれでもいいの？」

「いやよ！　そんなの……！　でも……！」

「じゃあ、生きて」

言葉を遮り、彼女の目を覗きこむように見つめて言う。

「それでも生きて！　生きて雅人のそばにいればいいじゃない！」

ぐいっと町田さんの制服を掴み上げた。

今まで、一度も掴めなかった彼女の体が、わたしの手で揺さぶられる。

「でも……」

「でも、でも、って、雅人がそんなことで町田さんのこと嫌いになるような男だと思ってんの？　思ってるなら言ってあげる！　町田さんよりずっとずっと一緒にいて、町田さんよりずっとずっと雅人のことを知っているわたしが教えてあげる」

掴む手に力がこもる。

堪え切れなくなった涙がぼろっとわたしの瞳から落ちる。

「雅人はそんな男じゃない」

悔しいけど。死ぬほど悔しいけど。雅人はそんなことで町田さんを突き放したりしない。絶対大事にしてくれる。きっと一緒にいてくれる。雅人は、大事なひとは本当に本当に、大事にしてくれる。

約束を覚えていてくれた。わたしのそばにずっといてくれた。町田さんがわたしとの関係に嫉妬をしていやがっていても、決してわたしを突き放したりはしなかった。

かわった関係でも、約束を覚えていて、ずっと守ってくれた。

だから、町田さんがいなくなったら、雅人はきっと泣く。ずっと、町田さんを忘れることはない。

だから、わたしは雅人のために町田さんの味方にはなってやらない。

町田さんがいなくちゃ、雅人は笑顔になれないんだから。

「障害が、残って……嫌われたり、しない？」

「雅人が嫌うときは、障害のせいじゃない、町田さんの性格のせいだよ。もしくは浮気したせいだよ」

「……ひどいこと、言わないでよ。浮気じゃないし」

「そんなの、わたしは知らないしわかんないもん」

「冴橋さんからもフォローしてくれる？　ただ、昔貸してた小説を返すためだけに会ったから大丈夫だって」

「やだよ。自分で言いなよ。っていうかわたしが説明したらおかしいでしょ」

これまで見たことがないほど、町田さんが心細そうな顔をする。

「雅人が信じるかどうかは、町田さんと雅人次第だよ」

「……雅人くんは、信じてくれるもの」

町田さんが拗ねたようにそっぽを向いた。

わかってんじゃん。

なんとなく町田さんがそう言うと面白くないけれど、でも、そのくらい雅人のことをわかってくれるひとじゃなければ、雅人の恋人にはふさわしくない。

「もしも、万が一、雅人がいなくなっても、わたしがいてあげる」

「——え？」

「わたしが、町田さんのそばにいてあげる」

自分の口からこんな言葉が出てくるなんて、不思議だな、と思う。数日前にはもう二度と話をしたくないと思ったのに。いなくなればいいとすら思ったのに。

「だから、生きて。体に戻って、雅人に、話しかけて」

町田さんの肩に手をのせる。

そこにいるのに、わたしはなにに触れているのかわからない不思議な感覚が全身に走る。

「雅人を、笑顔にできるのは、町田さんしか、いない」

涙が溢れる。喉が苦しい。それに耐えるように言葉を吐き出せば、余計に涙が落ちる。次の言葉を紡ごうとすると、うまく喋れなくて、ゆっくりと息を吸う。

雅人のすべてを受け止められるのはわたしでありたかった。

雅人にとってそういう存在になりたかった。

雅人を笑顔にするのはわたしだと思っていた。

わたしには雅人を笑顔にできるって信じていた。

だけど。

「あんたなんか大嫌いだけど、今すぐ消えてほしいけど……やっぱり、生きて、雅人のそばに、いてよ」

雅人の笑顔が好きだから、無理して笑ってほしくない。

泣きたいなら泣いてほしい。

そして、笑いたいときには思い切り笑っていてほしい。

わたしのそばじゃなくていい。誰かのとなりで、わたしの見えない所ででも、笑っていてほしい。その手助けができればいい。

「……ほんと、ややこしい幼馴染みよね」

すん、と鼻を啜って町田さんが言った。

涙と鼻水で汚れた顔を向けると「やっだ、汚い顔」と笑われた。自分も同じような顔をしているくせに。元の造りがきれいだから、町田さんは涙でぐちゃぐちゃでも様になっているのがいやな感じだ。

「……ほんとに雅人くん、信じてくれる、かな」

「さっき自分でも言ってたじゃん。何度も言わせないでよ」

不安そうな笑顔で呟いた町田さんを見て、悔しいけれど、雅人が彼女を信じる気持ちがわかった。

雅人のことが大好きなんだなってことがまるわかりだ。そんな町田さんが、雅人を裏切ることはないって、わたしも、仕方ないから信じるよ。

……もしかしたら、お父さんも真実は違ったのかもしれない。

いや、もうどっちでもいい。だって、答えは一生わからないんだ。

嘘だったかもしれない、でも、本当だったのかもしれない。それでいい。

町田さんと地面に座りこんだまま、頭上の夜空を見る。

さっきまで降ってきそうだと思った星は、大きな星が砕け散った欠片のように見えた。キラキラと輝きながら、散っていく星屑だ。それらは、太陽が昇ったら、もう、見えない。

「ほら、早く戻って、雅人に文句を言われてきてよ。文句も言わせないままなんて許さないんだから。ちゃんと、自分の口で伝えて」

「ほんと、こっちの気持ち無視なんだから」

「当たり前でしょ、雅人のほうが大事なんだから」

雅人が大事。

雅人が笑顔になればいい。

そのためならなんだってしてみせるよ。

わたしにだけ町田さんが見えたのも、雅人を助けるために必要だったからなのかもしれない。それはきっとわたしにしか、できなかった。

「だけど、さ」

すっくと立ち上がり、町田さんに手を差し伸べた。

彼女は戸惑いながらわたしの手を掴んでゆっくりと腰を上げて視線を合わせる。

「雅人にとって町田さんが大事なひとなんだっていうなら、わたしも、仕方ないから、町田さんを大事なひとにしてあげる」

大事なひとの大事なひとは、雅人の笑顔のために、わたしにとっても大事なひとだ。

「一〇〇年生きないと、許さないから」

「厳しいなあ、雅人くんの、大事なひとは」

町田さんが涙を拭って笑った。

「ありがと。あと、ごめんね、終業式の日」

「……なにが?」

「嫌味、言っちゃったこと。雅人くんが冴橋さんの誕生日の話をしてきたから、イライラして八つ当たりしちゃったの」

ああ、だから、あの日の彼女はすごくいやな感じだったのか。雅人が終業式の日に微妙な空気になったとか言っていたのも、わたしの誕生日が原因だったのかもしれない。

あのときに聞いていたら、そんなの当たり前じゃん、と思っていたけれど、今ならちょっと、わたしも申し訳なかったなと思う。彼女をいやな気持ちにさせた原因は、雅人に依存し切っていたわたしにもある。

「いいよ、お互い様だし」

「まあ、そうね」

わたしに初めて見せる、彼女のまっすぐな微笑み。

それを見て、わたしも自然に、笑顔を見せることができた。

じゃあ、と彼女が向かう先のドアを開けようと振り返ると、いつからいたのか、賢が首を傾げてこちらを見ていた。

「賢、ドア、開けておいて」

「え？　あ、うん」

呼びかけると、戸惑いながらも賢はドアを開けたままでいてくれた。

「じゃあね」

「また、あとでね」

町田さんはこくりと頷き、賢の横を通り過ぎて、しっかりとした足取りで病院内に戻っていった。

きっともう、大丈夫だ。

残された屋上で、フェンスにもたれかかりながら空を仰ぐ。はあっと息を吐き出すと、となりに賢がやってくる気配がした。

賢はさっきの様子をどう思っているのだろう。町田さんの名前を出して病院を走り回ったうえに、誰もいない場所で誰かと話していた、なんて。

でも、まあ、いいか。

「これで、いいんだよね」

賢に言うと、賢が「なにがあったのかわかんねえんだけど」と珍しく戸惑いを含んだ声色で答えたあと、

「よかったんじゃないか?」

と言った。

気休めでも、そう言ってもらえたことに安堵の気持ちが広がった。

どうして、こんな状況にならなくちゃ気づけないのだろう。

わたしがもっと早くに、町田さんの気持ちを認めることができていれば。自分の気持ちに向き合っていれば。こんなにも雅人を悲しませる前に町田さんを助けることができたかもしれない。もっと早くに雅人を笑顔にできたかもしれない。

付き合っているときから、ふたりを祝福できていたら、ふたりの日々はもっと、楽しかったかもしれない。

お父さんのことだって、亡くなる前に、もっと一緒にいればよかった。笑ってたくさん話しかければよかった。最近帰りが遅い理由を、ちゃんと聞けばよかった。そうすれば、お母さんだってあんなふうに泣くことはなかったかもしれない。

「後悔ばっかりだ、わたし」

ガシャンとフェンスに額をぶつける。

賢はフェンスに背を預けて顎を空に向けた。

「誰にでもあるよ。でも、どうしたって過去はかわらないし、美輝もこれまでの日々をかえたいわけじゃないだろ」

過去をかえる、なんてできるわけないけれど、もしも、を考える。

これまで、苦しかったり、つらかったりした。けれど、かつてのそんな日々がなくなるのはいやだと思う。これまでの日々で、わたしもお母さんも、たくさんのものを得た。家のことはひと通りできるようになったし、バリバリ働くお母さんはかっこよくて大好きだ。強くならなくちゃいけない、しっかりしなくちゃいけないと思うようになった。

雅人は、そんなわたしを見ててくれた。

――『美輝にかっこ悪いところは見せたくないんだろ』

賢がそう言ってくれた。

雅人にそう思ってもらえたのは、あのときの、今までのわたしがいたからだ。

「過去はかえられないけど、だからその分、これから起こることはかえられるんじゃねえの？　オレは、今美輝がしたこと、すげえな、って思ってるよ。なにしたかは、よくわかんないけど、なんとなく」

「……うん」

「雅人はたぶん、今頃喜んでるんだろ」

「うん」

きっとね。そう思うと、後悔も悪いものではないのかもしれない。

やっぱりちょっとだけ、悔しいけれど。


俯いて涙を流すと、賢がなにも言わずにわたしを引き寄せて、自分の胸にわたしの顔を押しつける。

今頃、町田さんは目を覚まして、雅人は、泣きながら笑ってるだろう。感情のままに、うれし涙を流すだろう。とびっきりの笑顔で、町田さんを迎えるだろう。

それは、たぶん、わたしには見ることができない笑顔だ。

それを、今、わたしは心から、よかったなって思っている。そう思える自分が、好きだと思った。

生きている賢のぬくもりがわたしの目の前にある。わたしは賢の背中に手を回してぎゅうっと抱きしめた。

涙の理由が、喜びなのか、悔しさなのか、それとも安堵なのかはわからない。それでも溢れて止まらない涙を堪えることをせずに、思い切り賢の腕の中で泣いた。

星空は一〇〇年後

真夏の青空に、ミンミンミンミンジーワジーワと、けたたましい蝉の鳴き声が木霊《こだま》している。鼓膜に貼りついて一生頭の中で鳴り響くのではないかとすら思えてきて、ゲンナリしながら病院までの道のりを賢と並んで歩いた。

背中も脇も、スカートの中でさえも汗で熱気が体中にまとわりついている。

「ああ、あちーい」

賢が口を開けて、今日何度目かわからない単語を口にする。聞くだけで余計に暑く感じる。

「もう、暑いって言葉禁止」

毎日この炎天下、部活で走り回っているくせに。そんなことを言えば、制服とユニフォームじゃ雲泥《うんでい》の差があるんだよ、と言われた。

たしかに賢の言うように、制服は特に通気性が悪いように思う。今時この八月下旬に登校日なんてものがあるのも信じられない。学校によってはないところも多いというのに。

「雅人が今日サボるならオレもサボればよかった」

「雅人はただサボったわけじゃないでしょ」

ぶつぶつと文句を言い続ける賢は、それでも納得できていないようだ。

登校日の今日、雅人は病院に行くと言って学校には来なかった。最近は部活にも顔を出しているらしいけれど、今日はどうしても病院に行きたいと言って休んだのだ。

まあ、登校日の学校なんて、久々に会う友だちと話をするだけの日、みたいなものだから休んだってかまわないと思うけれど。

真知は今月頭に家族でグアムに行ったらしく、二十日ぶりに顔を合わせるときれいな小麦色に焼けていた。聖子とは一昨日も会ったのでまったく久々ではなかったけれど、今日も元気だった。ちなみに来週も遊ぶ予定がある。クラスメイトの大半が海に行ったようで、休み前よりも健康的に見えた。

わたしの夏休みは、お盆休みにお母さんと二泊三日でおばあちゃんとおじいちゃんに会いに田舎に帰り、数回、真知や聖子と出かけた。雅人は町田さんのお見舞いで忙しかったけれど、ときどき家に行ったり来たりして過ごし、ごくたまに、賢とふたりでマンションの公園で話をしたりもした。

これまでと比べると家にいた時間は多い。けれど、夏休みの宿題は半分も終わっていない。そろそろ本気を出さなくてはまずいので、賢と一緒に宿題を消化しようという話をしている。

「暑いなあー」

「美輝も言ってんじゃん」

雲ひとつない空を見上げ汗を拭いながらため息交じりに呟くと、それをすかさず拾った賢に突っこまれた。

病院に着いて自動ドアを抜けると、冷えた空気がわたしたちの熱気を吹き飛ばしてくれた。生き返るような気持ちで、冷気を味わいながらエレベーターに向かう。

あの日、町田さんは再び目を覚ました。

雅人は泣きながら笑って町田さんの手を握りしめたと聞いた。その日以降、町田さんはなんの問題もなく順調に回復に向かっているらしい。

目覚めた町田さんとは、一度だけ顔を合わせた。まだそこまで意識がはっきりしていた、というわけではなかったけれど、町田さんはやっぱり幽霊もどきになっていたあいだの記憶はなかった。だから、わたしがお見舞いにきたことに不思議そうな顔をしていた。

そして、数日前、町田さんは一般病棟に移動した。

随分調子も戻ってきたと雅人に聞いて、賢とふたりで再びお見舞い来たのだ。

きっと、意識がはっきりしてきたらしい町田さんは、わたしを見て驚くだろうなあ。

町田さんの中では、わたしとは終業式に険悪なムードになったままの間柄だ。

ナースステーションで聞いた町田さんの病室のドアをノックすると、「はあい」と言って雅人が顔を出した。

「あ、来てくれたんだ」

「よ」

「お邪魔しますー」

病室に入ると、ベッドの上で横になっている町田さんがいて、そばにいたおばさんが「ありがとう」と言いながらにっこりと笑いかけてくれた。相部屋の人に軽く頭を下げてベッドのそばに寄ると、町田さんは他人行儀に頭を下げる。やっぱりわたしたちが来たことに戸惑っているようだ。

昨日作ったチーズケーキとお花をおばさんに手渡して、そばにあったパイプ椅子に腰かけた。入院中の町田さんがチーズケーキを食べられるかはわからないけれど、その場合雅人が食べてくれるだろう。

「へえ、随分顔色よくなったんだな」

「あ、ありがとう……」

賢に話しかけられると町田さんは戸惑いながら返事をする。それもそうだろう。町田さんと賢は本当に接点がない。わたしでも驚かれたんだから。賢なら尚更だ。

気を遣ってくれたのか、ちょっと用事があるから、とおばさんが出ていった。

「談話室でも行く？　きみちゃん車椅子乗る？」

「あ、いや、いいよ。すぐ帰るから」

町田さんに問いかける雅人に、慌てて口を挟んだ。お見舞いに来て、怪我人に無理をさせるわけにはいかない。今のわたしたちの間柄では、話が盛り上がる、ということもないだろうし。

「えーっと、どう？　リハビリ」

「え、と。まだ……やっと支えがあって立てる感じ」

今はまだ立つのもひと苦労らしい。もともと細い体がもっと細く見える。

後遺症が残るかもしれない、と危惧《きぐ》していたけれど、今のところは少し手足がしびれるくらいで、それもじきに治るだろうと先生に言われたらしい。泣いて怖がっていた町田さんを思い出すと、本当によかったと胸を撫で下ろした。

無事に町田さんが目覚めてから、雅人はわたしと賢に『前はかっこつけたけど、実はずっとあの男子のこと気になってたんだよな……』と恥ずかしそうに言った。実は後遺症が残ることよりも、そっちのほうが心配だったらしい。

詳細は町田さんと少年、両方から聞いたようで、それに話に噛み合わないところもなかったため今はまったく疑っていないようだ。

やっぱりそういうところが、雅人だよな、と思う。

ちなみに意識がはっきりしてきた町田さんは、泣きながら何度もそのことを雅人に謝ったらしい。振られるかもしれないと思った、と町田さんは言っていたようだ。

一連の流れを語る雅人は、わたしの大好きな笑顔で話していた。話が長かったので賢とわたしはチーズケーキをひとりふたつずつ食べながら聞いていた。

「あ、ちょっとトイレ行ってくるわ」

そう言って雅人が部屋から出ていって、親しくない三人だけにされてしまう。

「えーっと……まあ、リハビリ頑張ってね」

「あ、ありがと」

とりあえず無言でいるのも気まずいので町田さんに声をかけると、不信感たっぷりの表情でよそよそしく軽く頭を下げる。終業式のときや、幽霊もどきになったときに比べると随分おとなしい。眠っているあいだにたくさんのことを話してケンカもしたのに、知っているのはわたしだけなのかと思うと、ちょっとおかしく思えた。そして、ほんの少しだけ、さびしい。

「……なに笑ってるの。いい気味だと思ってるの……？」

口元が緩んでしまったのが見えてしまったらしく、彼女が敵意を剥き出しにする。

慌てて「違うよ、そんなこと思ってないよ」と頭を振った。

町田さんって結構、根に持つというか、卑屈なところがある気がする。

「本当に、よかったな、って思ってるよ」

変な誤解をされないように、ゆっくりと、気持ちがちゃんと伝わるように町田さんの目を見て答えた。

「……そ、んなこと言われても……冴橋さん、私のこと嫌いでしょ」

怪訝な顔でそう言われてしまい、返事に困る。

えっと、と言葉を探していると、となりにいた賢がくすくすと笑い出しているのが聞こえて、なんだかすごくかっこ悪くて恥ずかしくなる。

たしかに嫌っていたし、正直言えば今もべつに好きなわけじゃない。

思い返せば、そもそも彼女が事故に遭う以前は、話したのは終業式のときだけだ。だから町田さんとの会話といえば、ほとんどが彼女が幽霊もどきになっていたときだけれど、それも九割はケンカだった。あとの一割はケンカにこそならなかったけれど、イライラしっぱなしだった。

でも。

「雅人の、好きなひとだから……わたしも好きになろうと思って」

素直にそう告げた。

ぽかんとした町田さんが、次の瞬間頬を紅潮させる。ぶあっと顔が真っ赤に染まって、「な、なに」と、どもり出す。

「いや、そんな顔されたらわたしまで恥ずかしいじゃない」

「突然そんなこと言い出すからでしょ！　なんなの好きになるって……どうしたのよ」

「べつにいいじゃん。嫌いよりも好きなほうがいいし」

ばっかじゃないの、と言って町田さんはぷいっとそっぽを向いた。やっぱり町田さんは町田さんだなあ、と思う。

「でも……じゃあ、私も、冴橋さんのこと好きにならなくちゃね」

窓の外を見つめながら、町田さんがぼそっと呟いた。

彼女がどんな表情をしていたのかは、わたしからは見えなかった。でも、赤くなった耳を見れば、彼女の気持ちは十分に伝わってくる。

自分でも驚くほどうれしい気持ちが胸に広がる。

こんな反応されたらそりゃ、雅人が町田さんをかわいいと言うのも納得だ。女のわたしですら彼女をかわいいと思う。

つい声を出して笑ってしまうと、町田さんは「なに笑ってるのよ……！」と情けない顔で怒った。

数分後に雅人が病室に戻ってくると、町田さんは雅人に本当にうれしそうな笑顔を見せていて、雅人は幸せいっぱいの笑みを振りまいていた。見ているこっちも、幸せになるようなふたりの笑顔だ。

「じゃあ、今日はこれで」

それから十分ほどして、わたしと賢が立ち上がる。

この調子なら、町田さんは二学期の早いうちに学校に復帰できるんじゃないだろうか。学校内ではまだ悪い噂が残っているけれど、それもそのうち消えていくだろう。わたしの耳に届いたらその場で訂正して回ればいいし、これから町田さんのそばにはいつも雅人がいるはずだから、すぐに誤解だとわかるはずだ。

「じゃあね、学校で待ってるから」

「あ、ねえ」

手を振ってドアに手をかけたところで、町田さんに呼び止められた。

「……終業式の日、ごめん」

申し訳なさそうに頭を下げられて、本当に町田さんは不器用な子なんだな、と思った。雅人のいる前でそんなこと言わなくてもいいのに。

「もう、一度聞いたからいいよ、それに、これ、ありがとう。選んでくれたんだよね」

手にしていたカバンを目の前に持ってきて、ついているチャームを町田さんに見えるように掲げた。星のモティーフがチェーンになっているちょっとアンティーク調のバッグチャームだ。星にこだわりはまったくないけれど、これはとても気に入っている。ヘアピンやキーホルダーよりもずっとおしゃれで素敵だ。

「今年の誕生日は無理だったけど、来年は一緒にわたしの誕生日祝ってよね。かわりに、町田さんの誕生日、わたしにも祝わせてね」

にっと歯を見せて笑うと、町田さんは、はにかみながら「うん、わかった」と言って頷いてくれた。

病院を出て、駅までの道のりで暑さに耐え切れずコンビニに寄ってアイスを買った。それを食べながら歩いていると、「あ」と賢が声を上げた。

「そういや、オレ今度試合でスタメンかも。練習試合だけど」

「え！　ほんとに!?　すごいじゃん！」

二年にもそれなりの人数がいるサッカー部だ。にもかかわらず一年でレギュラー入りどころかスタメンなんて、なかなかできることじゃないだろう。

「今度は怪我しないようにね」

「うるせえなあ……」

からかうと、舌打ち交じりに返されてしまった。相当恥ずかしい思い出なのだろう。

「でも、もしものときはまた、泣いてもいいよ」

「泣かねえよ」

「わたしも、また賢の前で泣くだろうから、そのお返しだよ」

ふふっと笑うと、賢は目を瞬かせた。

雅人との関係の変化を、どうしても認めたくなかったわたしは、もうひとつの変化にもずっと蓋をして過ごしてきた。

大事だから、雅人の前では笑っていたくて涙を堪えた。だけど、賢の前では素直に泣いたり笑ったりができた。

雅人には無理して笑ってほしくない。でも、笑顔が好きだ。

賢には、泣きたかったら泣いていいと思う。笑ってても泣いててもどっちでもいい。

その微妙な違いの理由に、わたしは薄々気づいていた。

だけど、それを認めると、雅人と約束したくせに裏切るような気がして、怖くて、見て見ぬフリをしていた。


そばにいてくれるひと。

そばにいてほしいひと。

——いつのまにか、そばにいるひと。


「もう少し器用に泣けるようになるまで、また泣かせて」

いや、極力泣かないようにはするけれど。泣いてもいいと言われたって、泣いたあとって恥ずかしいのだ。できればあまり見られたくない。

「器用に泣くってどうするんだろ。ひとりで思い切り泣けるようになればいいのかな」

ふと気づいて声に出すと、

「なにそれ、美輝、オレと離れてもいいってこと?」

と賢が眉間にシワを寄せる。

……こういう発言を、賢がどういう気持ちで言っているのかわかる日が来るのだろうか。なんでだか、賢に関してはずーっと振り回されそうな気がする。

好きだから、不安なのかもしれない。

「そういうわけじゃないけど」

だめだ、変なことを考えていると意識して動揺してしまう。

「じゃあ余計なこと考えんなよ」

胸がぎゅっと握りしめられたみたいに痛む。けれど、どこか甘くて、自分がどんな顔をしているのかわからなくなった。

だって、賢の台詞って、これからも一緒にいてくれる、みたいだ。

……そう信じてもいいのかなあ。

「オレは一〇〇年生きるしな」

「……なにそれ」

「一〇〇年美輝のそばにいてやるよ」

どういう意味だろう。

首を傾げていろいろ考えを巡らせていると、あまりにも自分に都合のいい解釈にたどり着いた。それを確かめることは間違っていたら恥ずかしすぎるのでできない。でも、一度浮かんだことはなかなか拭うことができなくて、顔がどんどん赤くなって熱を帯びていくのがわかった。

「熱中症か。顔赤いぞ」

「……っ、だ、誰のせいで」

「はあ?」

なんにも気づいていない賢を見て、やっぱり深読みしすぎただけだと思い直すことができた。それはそれで悲しい。けれど、目の前の賢がケラケラと楽しそうに笑っているのを見て、わたしも自然に口を開けて笑った。

「賢が一〇〇年生きるなら、わたしは一〇〇年と一日、生きなくちゃね」

「なんで?」

「わたしが先に死んだら、わたしの大事なひとたちが泣くからね」

それなら、わたしが泣いたほうがいいでしょう? と言うと、賢は「オレがいなかったら泣けないくせに」と言った。

櫻いいよ先生への
ファンレター宛先

〒104-0031
東京都中央区京橋1-3-1
八重洲口大栄ビル7F
スターツ出版(株) 書籍編集部気付
櫻いいよ先生

星空は一〇〇年後

2023年1月28日　初版第1刷発行

著　者

櫻いいよ

発行者

菊地修一

発行所

スターツ出版株式会社

〒104-0031　東京都中央区京橋1-3-1

八重洲口大栄ビル7F

出版マーケティンググループ　TEL　03-6202-0386

（注文に関するお問い合わせ）　https://starts-pub.jp/

印刷所

大日本印刷株式会社

Printed in Japan

編　集

三井慧

この物語はフィクションです。実在の人物、団体等とは一切関係がありません。

本書は、二〇一八年三月に小社・スターツ出版文庫より刊行されたものに、一部加筆・修正したものです。

ISBN　978-4-8137-9203-1　C0095

スターツ出版人気の単行本！

『きみと真夜中をぬけて』

雨《あめ》・著

人間関係が上手くいかず不登校になった蘭は、真夜中の公園に行くのが日課だ。そこで、蘭は同い年の綺に突然声を掛けられる。「話をしに来たんだ。とりあえず、俺と友達になる？」始めは鬱陶しく思っていた蘭だけど、日を重ねるにつれて2人は仲を深めていき——。勇気が貰える青春小説。

ISBN978-4-8137-9197-3　定価：1485円（本体1350円＋税10%）

『降りやまない雪は、君の心に似ている。』

永良《ながら》サチ・著

高校の冬休み、小枝はクールな雰囲気の俚斗と出会う。彼は氷霰症候群という珍しい病を患い、深い孤独を抱えていた。彼と過ごすうちに、小枝はわだかまりのあった家族と向き合う勇気をもらう。けれど、彼の命の期限が迫っていることを知って——。雪のように儚く美しい、奇跡のような恋物語。

ISBN978-4-8137-9189-8　定価：1430円（本体1300円＋税10%）

『満月の夜に君を見つける』

冬野夜空《ふゆのよぞら》・著

家族を失い、人と関わらず生きる僕はモノクロの絵ばかりを描く日々。そこへ儚げな雰囲気を纏った少女・月が現れる。次第に惹かれていくが、彼女は“幸せになればなるほど死に近づく”という運命を背負っていた。「君を失いたくない——」満月の夜の切なすぎるラストに、心打たれる感動作！

ISBN978-4-8137-9190-4　定価：1540円（本体1400円＋税10%）

『アオハルリセット』

丸井《まるい》とまと・著

人に嫌われることが怖い菜奈。高校生になって、他人の“嘘”や“怒り”が見える「光感覚症」になってしまう。まわりが嘘ばかりだと苦しむ菜奈だけど、“嘘”が見えない伊原くんの存在に救われる。でも彼と親しくなるにつれ、女友達との関係も悪化して…。十代の悩みに共感！　感動の恋愛小説。

ISBN978-4-8137-9180-5　定価：1430円（本体1300円＋税10%）

書店店頭にご希望の本がない場合は、書店にてご注文いただけます。

スターツ出版人気の単行本！

『僕は何度でも、きみに初めての恋をする。』

沖田円《おきたえん》・著

両親の不仲に悩む高１女子のセイは、公園でカメラを構えた少年ハナに写真を撮られる。優しく不思議な雰囲気のハナに惹かれ、セイは毎日のように会いに行くが、実は彼の記憶が一日しかもたないことを知る――。“今”をめいいっぱい生きるハナと関わるうちに、セイの世界は変わっていく。

ISBN978-4-8137-9181-2　定価：1430円（本体1300円＋税10％）

『生まれ変わっても、君でいて。』

春田《はるた》モカ・著

余命１年を宣言された、高校生の粋。ひょんなことから、大人びた雰囲気の同級生・八雲に、余命１年だと話してしまう。すると彼は「前世の記憶が全部残っている」と言い出した。不思議に思いながらも、粋は彼にある頼みごとをする。やがてふたりは惹かれあうけれど、命の期限はせまっていて…。

ISBN978-4-8137-9166-9　定価：1430円（本体1300円＋税10％）

『さよならレター　余命365日の君へ』

皐月《さつき》コハル・著

ある日、高２のソウのゲタ箱に一通の手紙が入っていた。差出人は学校イチ可愛い同級生のルウコ。それからふたりの秘密の文通が始まるが、実は彼女が難病で余命わずかだと知ってしまう。「もしも私が死んだら、ある約束を果たして欲しい」――その約束には彼女が手紙を書いた本当の理由が隠されていた。

ISBN978-4-8137-9173-7　定価：1430円（本体1300円＋税10％）

『きみは溶けて、ここにいて』

灯《ともり》えま・著

友達のいない文子はある日、クラスの人気者の森田君から「もうひとりの俺と、仲良くなってほしいんだ」と言われる。とまどいながらも、森田君の中にいる“はる”と文通をすることに。優しくてもろい“はる”に惹かれていく文子だけれど、もうすぐ彼が消えてしまうと知って…。奇跡の結末に感動！

ISBN978-4-8137-9157-7　定価：1430円（本体1300円＋税10％）

書店店頭にご希望の本がない場合は、書店にてご注文いただけます。

スターツ出版人気の単行本！

『70年分の夏を君に捧ぐ』

櫻井千姫《さくらいちひめ》・著

2015年、夏。東京に住む高2の百合香は、不思議な体験をする。ある日、目覚めるとそこは1945年。百合香は、なぜか終戦直後の広島に住む少女・千寿の身体と入れ替わってしまい…。一方、千寿も70年後の現代日本に戸惑うばかり。以来毎晩入れ替わるふたりに、やがて、運命の「あの日」が訪れる——。

ISBN978-4-8137-9160-7　定価：1430円（本体1300円＋税10％）

『青の先で、きみを待つ。』

永良《ながら》サチ・著

順調な高校生活を送るあかりはある日、同級生・翔也から「俺たち、死んだんだよ」と告げられる。徐々にあかりは、今いるのが“自分にとっての理想の世界”で、現実では自分が孤立していたことを思い出す。翔也に背中を押され、現実世界に戻ることを選んだあかりは…？　悩んでもがいた先にみえる光に圧倒的感動！

ISBN978-4-8137-9152-2　定価：1430円（本体1300円＋税10％）

『それから、君にサヨナラを告げるだろう』

春田《はるた》モカ・著

クラスで浮いている冬香にとって、ハルは大切な幼なじみ。ある日「俺、冬香の心が読めるんだ」と告げられる。怖くなった冬香はハルの手を振り払い——ハルは姿を消してしまう。数年後、再会した彼は昔とかわらず優しいままで…けれど次々と明かされていく、切ない過去。運命を乗り越える二人の絆に感動の物語。

ISBN978-4-8137-9145-4　定価：1430円（本体1300円＋税10％）

『この恋が運命じゃなくても、きみじゃなきゃダメだった。』

小桜菜々《こざくらなな》・著

人見知りな普通の女の子・チナは、ひとつ年上の彼氏・悠聖と幸せな高校生活を送っていた。ある日、悠聖から突然別れを告げられてしまう。「好きなのに、どうして別れなきゃいけないの？」たくさん笑って、泣いて…そして見つけた答えとは？　恋する人すべてが共感する、10年間の恋の物語。

ISBN978-4-8137-9140-9　定価：1430円（本体1300円＋税10％）

書店店頭にご希望の本がない場合は、書店にてご注文いただけます。